GAEA

# Gaea

護玄——著
NIN——插畫

# 8.FLOOR

〔VOL.1〕

| 最後一餐 |

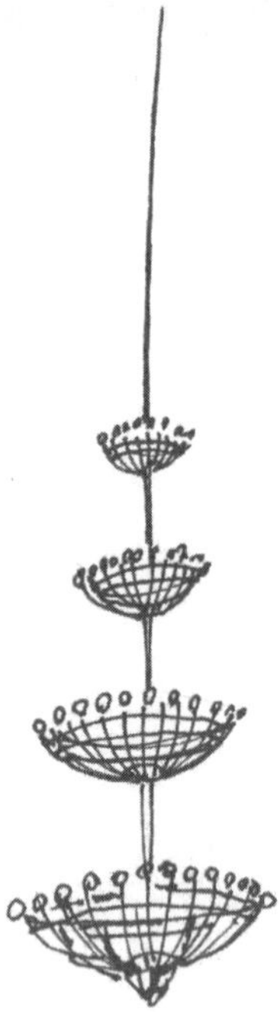

# 8.FLOOR 〔VOL.1〕

目錄

一開始必須與大家說明，「8.Floor」只是個名字。

就像每家旅館都該有的名字。

這是從我祖公輩開始承傳下來的旅館，然後在戰時被一顆炸彈轟掉了。之後莫名收到各方來款集資，以很快的速度重新建立，並繼續營運。

我對她所知也僅只這樣。

附註，其實目前她全部是十四層樓。

應該是。

# 最後一餐

# 01

人如果，無法選擇自己來到世界上的時間。

那麼，離開的時間，應該是可以自己決定的才對吧。

她站在天橋上，手裡拎著一袋超商買來的麵包。

那是相當尋常的便宜麵包，也很難說得上美味，但在活動時買一送一、只需銅板價的這點，對於只想填飽肚子的人來說，相當實際。

上午的時間，天橋底下人來人往、車流不息，光是站在俯瞰一切的上方處都能感覺到橋上不斷傳來的細微震動，那是這座城市正在活動著的聲響，既熱烈，又有滿滿的生命力。

搓著指尖的水泡，她靠在水泥扶手上，看著底下來來去去的車子。

在她這樣二十出頭的年紀，同年齡的其他人不是在讀大學，就是有各自的工作；超商店員也好、公司實習也好，每個人都有自己在忙碌的事情，或者像以前學校的校花，忙於周旋在男人們身邊，吸取著自己需要的各種資源。

一對穿著高中制服的女孩嘻嘻笑笑地從她身邊走過去。

多久以前自己也曾像她們這樣啊？一點害怕、憂愁也沒有，只要用父母的錢上學校，好好唸書就可以了……即使沒有好好地唸，只是在廝混打鬧，披著名爲學生的外皮待在學校，也不會有人追究，更不用擔心那些金錢的來源會不會消失。

曾經，她也是如此，直到後盾倒了，她才明白這一切都不是理所當然。

放在口袋裡的手機又傳出來電鈴聲。

不用看，一定是催討錢的。

按掉手機，她踏著不知該算是沉重還是輕快的腳步走下天橋，正打算找個地方好好享用手上最後的麵包，天橋下一個正在討乞的老人吸引她的目光。

老人穿著破舊的衣服，全身骯髒地蜷縮在天橋陰影下，手邊一個破爛的碗，裡面裝著一些銅板，還不斷唸著他幾餐沒吃了，大家分點給他之類的話。

她看著手上的麵包，想了想，就把那袋也花了她快一百元的麵包都放到老人身邊。

結果回過頭想離開時，後面傳來不輕不重的一句罵語：「幹，當作在分乞丐喔，沒錢還裝大方。」

她苦笑了一下，只能當作沒聽見。

就和那些新聞中偶爾會出現的小報導一樣，發生在她身上的事情就是如此地戲劇化。

幾個月前，她還是一家小店舖的負責人。

是的，讓人相當羨慕的年輕創業者，而且是有已登記的實體店面，並非在網路上接案，得四處奔波。

那時，父母留給她的是一筆錢，足以支撐她在大學畢業後、面對未來時，能稍微有點猶豫時間的最後護盾。

然而高中畢業後，她對升學沒太大興趣，正值年輕的心，也想要擺脫學校與一切束縛，得到想要的自由。於是她和幾個志趣相投的姊妹淘一起開了很小的店鋪，即使其他人說剛出社會、大家都沒錢，家人不看好不願意投資，只能讓她拿錢先全額墊著也沒關係，她滿心期待大家一起同心協力賺大錢的一天，到那時再把本金拿回來就可以了。

所以不管是進貨還是裝潢，都先咬牙獨力硬撐了下來，她相信所有人，也相信大家能一起創造美好未來。

在姊妹們出去吃大餐、唱歌慶祝時，她正在計算還剩多少錢，夠不夠支付下一批材料的費用，第一次覺得計算如此地可怕，怎樣算，數字都是不足的。

但是，這沒關係，有一天一定能夠算出充盈的數字。

對了，她們開的是美甲美體小舖，那時在年輕人之間很受歡迎，也兼做些水鑽造型或手機貼，因爲物美價廉，很快招來了不少客人，在網路社群逐漸闖出些小小的名氣，還有部落客特地替她們寫了介紹文；年輕女孩們創業成功的美麗故事特別令人振奮，來客數更蒸蒸日上。

她很高興，姊妹們也很高興，她們的努力這麼快便看見成果，她也終於可以慢慢拿回自己貼的那一份錢。

然後，不知道是誰先開始的。

有一天在休息室，她因爲批貨搬貨太累，睡到翻過去摔在櫃子邊，被一堆紙箱遮住，實在太累了，也顧不得箱子不乾淨讓她手腳發癢，乾脆就這樣繼續睡。

這時有人走了進來，喀喀喀的高跟鞋聲，是她們姊妹中最擅長做水鑽貼的女孩，她就像那些彩色水鑽般既漂亮又耀眼，粉絲頁中有許多她的自拍美照與因她而來的點讚，接著後面又跟進來一個穿著平底鞋的人，聲音較小，也比較不令人注意。

她們就在櫃子的另一面空間聊了起來，如同鏡裡鏡外兩個世界。

「妳不覺得雛芸拿的錢有點多嗎？」

雛芸是她的名字，父母給她取的名字，即使沒那麼好聽，她依舊喜愛這父母留下的、爲數不多的事物。

「咦？會嗎？我們不是都按之前說好的拆帳嗎？」另一個女孩子有點訝異，她認出這聲音，是跟自己很親近的姊妹，所有人之中最好的。草創時期，女孩經常擔心她的身體，讓她別太辛苦，即使家人反對，依然放棄了升學，想與她一起追逐夢想。

「我覺得這幾個月看下來，她眞的都拿得比我們多耶，而且管帳也是她自己在管，誰知道她有沒有動手腳，大家都對帳目不在行，沒特別去注意……我上次不小心看到她的存摺，她存了好多錢，可是我們都沒存到那麼多啊。」伴隨著焦躁的高跟鞋來回走動聲，女孩壓低了聲音：「我懷疑她有自己多挖了一點，不然怎麼會越來越多……」

「妳想太多了吧，雛芸會拿比較多是因爲之前開店基金是她墊錢的，現在開店有盈餘，當然要按部分還給她啊。」平底鞋女孩這樣回道。

「可是妳不覺得這樣我們很吃虧嗎，妳看賺的錢都被她拿去，我們前面幾乎都在做白工耶……我們辛苦勞動那麼久，之前也是拿很少的薪水在撐呀，又不是說沒有付什麼，沒道理她可以拿錢回去，我們就沒分到啊，難道勞動不是錢嗎。」高跟鞋女孩發出不平的抱怨：「我們也有動腦在幫客人做設計不是，那也是投資啊，憑什麼我們就要自己咬牙承擔？」

「這樣說也……」

女孩們神祕地又咬了半晌耳朵之後，便說說笑笑地離開休息室了。

她從紙箱堆裡坐起，好半天都說不出句話來。

但從那天之後，耳語就悄悄流傳著，所有人對她的態度開始變得有些曖昧不明，講話中有時帶著若有似無的挖苦。

草創時期，她也是跟著大家一起拚命、領低薪過來的啊。

那些材料錢她都先墊，所有人去吃大餐時她忍著不去，只為了省下那一份，而支付出去的金額到現在還沒回收到一半；她也付出勞力與辛苦，為了省去會計費，下班後繼續打著計算機，做了一整天美甲美體的手按在數字鍵上時還會發抖。

但是，女孩們開始覺得不公平。

這點沒有人說出口的怨像是漩渦般越捲越大，直到成為深不見底的巨大洞口。

直到有一天，她突然被解僱了，莫名其妙地，登記掛名老闆的年長女孩將一句「解僱」扔給她，說現在開始妳不再是我們小店裡的人，大家不需要妳了。

她錯愕，不敢相信自己會遭到這種對待。

她們說，這是所有人的決定，裡面還包括她最好的姊妹，平底鞋女孩站在所有人後面，有些抱歉卻又帶著討厭的眼神望著她，活像她是個可悲的惡人。

挫敗地在家中狠狠哭了好幾天之後，她才想起來，即使要走，也應該要將剩下的投資基金拿回來才行，再怎麼說，那也是不小的一筆錢，還是父母留給她的一部分。

然而再次回到自己熟悉的店門前時，穿著高跟鞋的女孩不客氣地回答她：「妳還有什麼錢在我們這邊嗎？這兩年妳壓榨我們拿那麼多還不夠喔！」

接著抓著她的頭髮賞她一巴掌，既清脆又響亮。

她們在馬路邊打了起來，吸引多人圍觀，最後警察來了，就這樣被帶去派出所做筆錄。

折騰許久好不容易離開警局，她花了錢向律師諮詢，得到的回應是她的勝算不大，因爲當初她相信自己的姊妹淘，根本沒有留下能代表她代墊付款的決定性證據。

「就算妳沒有錯，妳也不一定會贏。」

律師這樣告訴她。

就算妳沒有錯，妳還是會輸。

## 02

她看著對街的美體小舖。

粉色的招牌依舊，上頭可愛又俏皮的文字是花了很多心思設計出來的，當時為了那招牌還跑了很多店，才做出她們心中完美理想的樣子。

自己曾經多麼愛那個地方啊。

夜半全身痠痛，累得一點一點流著眼淚擦去客人在地板上留下的鞋印時，她甚至還會感到喜悅。

但事情鬧開之後，高跟鞋女孩在網路上寫了很多澄清文章，還有她的那些姊妹淘們，幾乎是每人一篇地貼在自己的專頁上，血淚控訴有人仗著自己代墊付款，讓她們做了很多白工，好不容易生意有起色之後開始挖收款項，使得她們的生活還是一樣不太好過，也錯失了好多好多美美的材料，想要的指甲彩也好多沒買到。

眾人口徑一致的血淚文章立即引起許多人的憤慨，加上好多人曝光了那天打架的影片，更增添她的惡名。在網路世界，她被罵得狗血淋頭，甚至被人肉搜索出來，不管是高中還是國中的大頭照、生活照，都被貼在自己無法完全掌控的地方流傳、惡搞改圖，許多過去的老師、同學在下方留言，驚訝她怎麼可能是這種人……

如同獻祭女巫般，得到救贖的美體小舖人氣更旺了，吸引到更廣大的客源，現在可是預訂滿滿，要消費還得提早預約呢。

那些甜美的、可愛的姊妹淘們，周旋在客人之間，與大家一起聊著唾罵著，最後慶幸著還好那個垃圾已經離開店裡，接受客人的安慰與讚美她們苦盡甘來。

她抹掉眼淚，轉頭離開，避免被眼尖的客人認出來。前幾天就是這樣，結果被很多人包圍著訕笑怒罵，還有人將她的名字改成雛妓，罵著怎麼不去躺著賺比較適合之類的，越過層層人群，她只看見姊妹淘們冷然的目光。

「小姐。」

只想快點逃離那裡，她壓根沒意識到有陌生的男人正在叫自己。

反應過來是因爲有股巨大的力量抓住她，讓她猛地一頓，同時嚇了一大跳，回過頭正想尖叫，卻出現一張溫和的男性面孔，大約四十多歲的樣子，充滿斯文的書卷味，人滿高的，體格也很健壯，衣著打扮整潔，甚至有種洗潔劑的淡淡舒適香氣，渾身給人舒服又放鬆的感覺。「這是妳的東西吧？剛剛在天橋下被那個老先生扔掉的。」對方抬了抬手，上面掛著一袋麵包，超商的那些。

她愣愣地接過那袋麵包，吶吶地說了聲謝。

這是註定的吧。

早在她下決定時，就註定好最後一餐是這些東西。

就算她難得好心想把麵包給更需要的人，最後也被當作垃圾回到自己的手上。就像她將自己所有眞心交託給她們，最終卻成爲垃圾被分解得支離破碎。

「天橋下那個是假的。」中年人遲疑了兩秒，大概是出自於好心，開口告訴她：「那個老先生自己本身還有房產，故意騙人家愛心錢已經很久了，大家看他老，也都睜隻眼、閉隻眼。」

果然是這樣嗎。

她搖搖頭，有點悲哀地笑了下。

看著這個好心腸的人，她突然有開口的衝動，然後也的確開口了：「你可以聽我說嗎？」

像是告解一樣，她說出自己的第二個故事。

那也是個廉價到連報紙都不見得願意刊出來佔版面的故事。

有個廠商是在學生時代就認識的，那時的業務人不錯，長得有點帥也幽默風趣，臉上帶著討喜的笑，經常跑學校業務；除了很會討好老師，還和女學生打成一片，被起哄時會給大家買飲料和糖果餅乾，有時還分送一些公司的美妝試用品，所以極受歡迎。

理所當然地，創立小店後，她也選擇了自認爲熟悉的業務來做主要供貨人。

業務一開始有點驚訝，發現她是原本照顧的學生後很快進入狀況，替她們選擇了許多便宜又美麗的材料，還給了幾乎等於進價的最好優惠。這期間，她也逐漸與業務越走越近，年輕的心極爲信賴對方，發現材料中偶爾夾雜著劣質品也並沒有太過於在意，只是挑出來讓貨品公司再換過。

雖然不是姊妹淘中最美的，但她也有自信不是最醜，她與業務的友誼有著微甜的變化。

被趕出小舖的那天她撥了電話給對方，對方匆匆趕來之後安慰她很久，讓她靠在肩膀上哭了大半夜，接著一臉緊張地告訴她，因爲她離開，連帶著貨款什麼的都被其他人斷絕了，每個人都不承認曾經經手，這個月已經月底，要是拖延貨款，他就會被老闆轟出去。

於是她眞的代墊了那筆數字不小的款項，接著業務就沒有再出現過。

她在角落偷看小舖時，看見對方和高跟鞋女孩當街擁吻，才知道究竟發生了什麼事。

那時候眞的很想尖叫，衝上去狠狠地打他們。

但是她忍下來了，當作是分手費也好，總之身上還有點錢，能支撐她先去找到賴以維生的工作，之後的事情再和律師處理吧……

很快地，接踵而來的代墊帳單一一出現在她的信箱中。

她這才想起來，之前爲了帳款統合方便，所有款項都是她先代開票據和刷卡，就算她走了，這些款項還是都被惡毒地冠到她身上來，而且完全沒有人想要幫她。

一夕之間，她連好好吃一頓的錢都沒了。

因爲最近陸續有人上門討錢，租屋的房東已經將她趕出去，不再讓她回去。

走在路上，不用回頭都可以感覺到他人的指指點點，像是相片被公開的通緝犯一樣，連一點可以逃躲目光的地方都沒有。

現在，手機又響起來，簡訊箱中塞滿了討錢的信息。

她身上僅剩的只有幾枚銅板。

於是她決定了自己的最後一餐，吃完之後，她不想再看到這個世界。

✧

「其實，說起來也不是什麼好尋死的事情。」

她笑了笑，看著那家曾經是自己與姊妹們一手打造起來的小天地，就在不久之前，那裡還充滿了夢想與未來啊。然而現在卻什麼都不是了。「世界上比我慘的人更多，像我這樣還年輕的，跌倒之後重新站起來也不是不可以。」

就像每個人都會說的，人生還那麼漫長，為什麼要想不開，世界上還有很多很好的事情，或是接下來她會遇到更多好事之類的，不值得因爲這樣就去尋死。

這種話她也不是不會說，甚至在小舖發展最好時，自己也這樣勸過很多客人。不論失戀，或者挫折，那時候她都能微笑著說出自以爲是的勵志話語，然後看著客人們破涕爲笑，說著她雖然很年輕，想法卻很成熟。

她明白，道理人人都明白，直到現在她也懂。

「不過我覺得我只是活膩了。」

要說恨嗎？

其實也不是。

一開始聽到高跟鞋女孩的話時，是疑惑，她自問沒有對不起其他人，甚至努力節源買更多更好的材料來招攬客人，也不斷幫忙尋找名師課程讓大家去進修，怕大家工作太累於是一手包辦了所有清潔工作與進貨備貨；所以她那時候很疑惑爲什麼做到這樣了，還是會被攻擊。畢竟她們曾經一起哭過笑過，一起編織夢想過，所以她眞的很不明白。

接著是打從骨子裡傳出的憤怒，那種全身都會發抖，連指尖都不斷顫動著的劇烈憤恨，因爲其他人不應該這樣對她，她們是那麼好的姊妹淘，怎麼會這樣就改變。就算人心多麼醜惡，她們都不應該以那面轉向她。

憤怒過後，卻是平靜，像是被一桶冰水往頭頂上淋下般，所有情緒瞬間降到了冰點。她猛然發現，或許她從來沒有看清楚自己最信任的人們。不論是高跟鞋女孩、平底鞋女孩，或是向自己微笑的業務，還有那些一起笑著玩著的姊妹淘們。

最後感覺到的是悲哀，爲自己的選擇和錯信感到源源不絕的悲哀。

自己眞是失敗又悲慘的人啊，居然可以一次被這麼多好姊妹背叛，還被罵得一文不值，最後什麼也沒有，正好就是濃縮人生的最佳寫照。

既然已經知道人生最後會看見怎樣的東西，那年紀輕輕死去與年紀很老死去，又有什麼不一樣？

最起碼，一塌糊塗的人還可以選擇什麼時候結束自己，不是嗎。

「我個人覺得，如果這是妳的最後一餐，那眞的有點寒酸耶。」聽完她的自白之後，男人意外地並沒有說什麼安慰話，更沒有勸她不要尋短，反而劈頭就來這麼一句：「我看過好幾個想離開世界的人，有的是要跑路，有的是被黑道追殺，有的是要全家去塡海或是開瓦斯，他們的最後一餐都很豐富，有時候還在我們那邊吃了幾千塊的霸王餐就跑，一點都沒虧待自己，不得不說作爲人生結束的最後一餐，那樣的送行選擇還比較不錯。」

她愣了一下，沒想到對方居然會這樣說。

男人好像還沒說完，自顧自地又繼續講下去，「所以我們餐廳有編列一條霸王餐的預算……但是說眞的，原本也只是編意思意思，好讓廚師不那麼火大，沒想到幾乎每個月都有用上，眞是讓人難過啊。」

「你是開餐廳的嗎？」看著對方似乎很不滿常常被吃霸王餐，她也好奇地詢問。

「不是，我有間很大的房子，專提供給旅行的人住，裡面有幾個餐廳。」男人介紹著，然後遞出了張名片。

她接過來一看，上面印著旅館的名稱和眼前人的職稱，「旅館老闆？」眞是與現在的她天差地遠的工作。這人，看來也是社會頂層的優勝者啊。

「也不是那麼了不起，旅館是與人合資的，只是掛名老闆。」老闆很爽朗地笑了下，然後從口袋裡翻出幾張招待券，「也算是有緣，這個給妳吧，妳可以去這附近的一家餐廳好好大吃一頓，這樣吃飽再上路比較不會虧。」

接過招待券，她失笑地看著上面印著的地址，這家餐廳她很熟，價位相當高，平常甚至要預約才有位子。老闆給她的幾張招待券裡含有各種免費優惠，甚至還有免訂位立即可享的ＶＩＰ頂級套餐一客，作爲人生的最後一餐，眞的相當奢華，這種享受根本是平常自己想都不敢想的。

「雖然我也想招待妳去我們旅館餐廳用餐，但是我的旅館是爲了要繼續旅行的人所開的，打算到達終點的人不能進去，很抱歉喔。」

「這倒不會，拿這些招待券已經很感謝了。」小心翼翼地收起了招待券，她看著手上那袋麵包，「不過既然不是最後一餐，這個就困擾了。」

「不如當作餐前麵包吧，兩個人一起分的話就不是一餐囉。」

「這樣也好。」

她微笑。

✧

小舖的四、五個女孩在門邊送走一批年輕的客人。

她們依然不會看見躲在角落朝她們投射的視線，也從沒發現過被驅逐者始終就在附近遊蕩。就如同現在她們也注意不到對街悠閒站著的男人。

男人拿著剛剛買來的咖啡，邊喝邊搓著吃了一堆麵包的肚子，然後看著下一對被招呼進店的年輕孩子們，那些預約了、等著將自己裝飾得更美的年輕生命。

「阿宿。」

轉過頭，身後也出現了個年輕的孩子，約莫二十多歲，剃了個以前高中生會剪的那種刺刺平頭，乾淨的臉上帶著有點抱怨的表情，「不是說在天橋下面等嗎？」

「喔！對耶，我都忘記了。」男人笑了笑，拍了一下頭，「人老了記憶力不好，尤其剛吃飽胃正在消化，腦袋就比較沒有那麼靈光了。」

「我找了快半個小時。」青年沒好氣地說著，然後也跟著男人的視線看向那家小舖，反射性皺起眉頭，「嘖……」

「不乾淨嗎？」男人挑起眉。

「倒也不是……不過還是有點……算了，這是你要我幫你拿來的東西，還有家裡人要你沒事早點回旅館，旅館正忙著呢。」青年將手上的提袋交給對方，說出他人的託話。

「既然你都這樣說，當然能多晚回去就拖多晚。」

「別鬧了。」看著年紀幾乎是自己兩倍的男人，青年覺得有點無力，「那麼東西和話我都帶到，眞的不用我陪你跑一趟嗎？」

「不用了，我只是去老朋友那邊，沒問題。」

「那好吧。」看著男人一直搓肚子的動作，青年終於忍不住好奇地問了：「你放我鴿子就是自己去吃好吃的？」

「沒有，我去吃最後一餐。」

愣了一下，青年皺起眉，「別開玩笑了！一點都不好笑！」

「啊，我是去吃路上一個小姐的最後一餐，因爲她的那餐實在是太不好了，所以我請她到『那家餐廳』去吃飯，希望她會喜歡。」拍了下掌，男人說著：「最近的人動不動就想結束生命，實在是很糟糕，我都還覺得人生應該長點比較好，起碼可以照顧你們久一點。」

「廚師如果知道你叫一個要自殺的人去吃飯，應該會發飆。」青年完全可以想像得出來那家餐廳廚師的黑臉。

「幫人好好地送行也不是什麼壞事啊，人生其實最怕的就是死掉的時候只有一個人。」男人把喝完的咖啡杯放進回收筒，笑笑地說著：「雖然感覺上好像已經看開生死，但她還是很怕一個人。」

那女孩或許自己都沒察覺，她在吐露心聲時臉上的寂寥表情。

「……如果不是因爲只有自己，誰會想要去死。」

「對嘛，這種話跟你說會比較通。」男人拍拍青年的肩膀，再度看了眼那家小舖，「如果是跟其他人，應該講半天也講不出所以然。」

青年笑著搖搖頭，「好吧，請快點去辦你的事情，晚上還有很多事等你處理。」

「好，再見。」

## 03

她看著佔地廣大的餐廳店家。

這裡距離小舖其實並沒有很遠，用走的大約十幾分鐘就會到。

有次假日，當她全身發痛地清理小舖時，姊妹淘們就因為要慶祝業績達標來過這裡，那張公帳帳單到現在她都還記得多少錢，幾個人僅僅一餐就吃了上萬元，當時她的心頭都在滴血，但臉上還是得笑笑地說大家難得吃一次好的也沒關係。

對這家店的印象就是很貴，但現在她的最後一餐就在這裡。

如果早些時候她拿到這些優惠券，應該會和姊妹淘們高興地一起來吧，然後大家說說笑笑地用餐，將會非常非常愉快。

所以說，人生真的很微妙，開店時她也想不到會有看淡一切、站在這裡的一天，那時滿腦子想的都不是自己，也不是這些奢侈的消費，現在她卻有時間與招待券，單獨一人來慢慢享受這些。

遞出ＶＩＰ券，門口穿著正式的侍者畢恭畢敬地彎下腰，領著她到二樓的獨立小包廂，空間不大、但也不小，就專為她而開，只服務她的個人侍者拿出高級套餐的餐單為她詳細地說明與介紹，就連餐前酒都講解得詳細而謹慎。

坐在這裡，她可以透過窗戶看見樓下的一般用餐空間，那些排列整齊的桌子與衣著漂亮的人們正在享受一道道美食，因自己能夠進到這家店而驕傲著。

她的姊妹淘們也都是坐在下方的位子吧。

侍者點餐後退到一邊，餐點上來時依舊小心謹慎地幫她處理，開了酒後還讓她輕嗅軟木塞的香氣，介紹著她聽不明白的年分與配餐方式。

這眞的就像夢境一樣，死前還可以得到這種根本不敢奢求的美夢，眞的是她人生中最好的一件事情。

甜點上來時，因爲心情太過愉悅了，她主動和侍者聊了兩句，可能是因爲要配合客人的喜好，侍者也不排斥，回應了幾句話。

於是她告訴侍者，她的另一個故事。

✧

這次的故事是在比較早之前，還沒有出社會時發生的。

那時候她們都還只是學生而已，就和天橋上那些女孩一樣，穿著同樣的高中制服，每天早上六、七點就趕著到學校，下午五點最期待的就是放學回家，聽見課輔時就發出哀號。

她的家境比別人稍微好一點。

當時還健在的父母各自擁有不錯的工作，被很多人稱爲電子新貴，帶領公司內的團隊研發許多程式和各種設計，受到高層的重視。在那時的社會，一個人每月可以賺一、二十萬已算是相當高薪，他們家則是父母都擁有一份這樣的工作，所以家中收入很不錯。

不過因爲必須在公司所在的科技園區上班，所以父母們並不住在家中，而是住在公司提供的宿舍裡，日復一日地不斷工作著，而她則是在原本的家裡生活、上下學。同學們會抱怨家裡有囉嗦的父母與吵死人的兄弟姊妹，她回家則是一室寂靜與家事鐘點工留下的冰涼晚餐，得從冰箱的小盒子裡拿出來放進微波爐。

雖然功課平平，但很早就學會照顧自己的她並沒有讓父母擔心，有機會能說上話時，她也很積極地與父母聊著他們的工作，試圖了解他們的專業領域。所以即使不在身邊，但親子關係卻非常好，只要有時間相聚，一家三口總是開開心心地吃飯出遊，羨煞許多身邊的人。

就在她高二那年，園區發生很嚴重的工安事故，當時附近廠房倒塌進而引起化學爆炸，在那邊工作的父母也被牽連進去，就這樣意外離開了。

當時新聞刊得非常大，父母的生命就在她早上起床要吃早餐時，從電視畫面中流逝，她甚至無法見到完整的父母的最後一面，所看見的「東西」和她這輩子所知的「爸媽」有非常大的差異。

父母留下的財產被親戚瓜分了大半，她所分得的就只有以她名義購買、還在繳貸款的房子，以及早先時候父母用她名字存下的一筆錢。其餘的她不懂，也不知道其他人是如何讓她被排除在外，得不到更多的東西。

她的姊妹淘們在那時不斷安慰她，每個人輪流來陪伴她，天南地北與她聊，伸出溫暖的手，將她從悲傷裡拉了出來。

她們真的是最好的姊妹。

世界上沒有比她們更可愛的人了。

在無數的夜晚，她們在她家一起睡、一起說以後的夢想，熄燈之後在黑暗中編織著光明的未來，描繪著總有一天大家會合力實現的成人王國。

她會作帳、會整頓，其他人有創意、有很厲害的手藝，也有人擅長招呼客人，每個人拿手的都不一樣，所以大家可以分工合作，一定可以將未來經營得有聲有色，打敗外面很多貴貴的店家，成立自己的獨特店面。

在黑暗中，存在的就是這麼美好的夢，璀璨光明，耀眼驅退令人害怕的深夜。

所以她迫不及待地想要長大，畢業後大家終於擺脫學校和老師，在他人協助下變賣房產，將欠款處理完畢後，拿著剩下一半的錢和存款，她們一起規劃著期待許久的店面。

她還記得大家一起到處尋找店面時的期盼、找到時的歡欣，大家一起聯手向老闆殺價，還有終於買下小店後全部人一起粉刷、裝潢，每雙手都沾上油漆和木屑，沒有人在意乾淨的皮膚覆蓋上骯髒。美麗的小店就在大家的手下誕生了，就像新生兒一樣，既漂亮又讓人忍不住想落下眼淚，那時候感覺到的是最單純的喜悅吧。

是的，她就是從這種喜悅，轉而看見死亡。

原來人生就是這樣而已。

現在想想，她突然覺得自己也不是恨姊妹們，伴隨著最後一餐的味道，只剩下一種淡淡的惆悵了。

於是她張開嘴，將這口人生輕輕地嚥下。

「非常謝謝你的服務，我用餐很愉快，雖然應該給你很多小費，但是我身上也只有最後一點銅板了。」看著沉默佇立在一邊傾聽的侍者，她有點抱歉地微笑。

「嗯，不用介意。」侍者微微彎了身，動作紳士地爲她遞上紙巾，「我不需要小費。」

爲什麼在這種人生的最後才淨遇到好事情呢。

現在仔細一看，這位男性侍者還長得不錯，白淨斯文，是會讓許多女孩怦然心動的類型，只是笑容少了些，行爲舉止間充滿了禮貌的疏離。

「可以請問你怎麼稱呼嗎？」她站起身，打算前往自己決定好，要結束的地方。

「……衛。」

「很高興最後認識你，衛先生。」

「我的榮幸。」

從餐廳走出來時，她那些奇怪的憂鬱感消失了大半。

這眞是個好的結束。

看著清澈到不行的藍色天空，在那片像海洋般的湛藍色中落下了黑色的點，餐廳前的路人們跟著發出了驚呼聲。

砰咚，一個人落在她的腳前，血混著類似腦漿的液體緩緩流出。

她這時候才發現侍者遞給她的紙巾中還夾著張小小的紙片。

人類有選擇何時結束與開始的自由，結束只需要一秒，開始能有一輩子。

她抬起頭，看見餐廳二樓的侍者對著她微笑。

◇

小舖的氣氛相當詭異。

穿著平底鞋的女孩看著報紙，在沒有人注意的地方新聞小角落，刊著有人落海自殺的新聞，岸上只找到鞋子與遺書，到現在還未找到屍體，那個跳海的女孩徹底消失了。

報紙上刊載著她們熟悉的相片。

站在旁邊的幾個女孩都覺得渾身不對勁，相片上的人好像正在直視著她們，讓她們開始思考起之前的決定是不是太過分了。

但是她們也只是想要爭取自己的權益，這並沒有錯啊。

而且事情傳開之後，很多人也爲她們抱不平，粉絲頁上充滿了大量的打氣加油與安慰，這麼多人站在她們這方，所以那人絕對是有錯的，否則不會有那麼多人支持她們。捍衛自己的權益並沒有錯，即使是多年的好友，也沒有欺負她們的權力。

她只是自己想不開，拉不下面子道歉和吐出錢，想以死報復她們吧。

高跟鞋女孩這樣說著，其他幾個人紛紛點頭。

是，沒有錯。當初只要她好好地道歉，承認自己壓榨別人的心血，然後把那些該還她們的拿出來，大家都會原諒她的呀。

畢竟曾經是好姊妹，誰想做得那麼絕？

是她自己想不開，貪婪地不願意鬆開自己的手。

所以大家並沒有錯，錯的肯定是被排擠的少數那方，她們能夠坦然又大聲地說自己並沒有虧欠她。

不過大家心裡都知道，其實她離開之後，一些問題開始顯現出來了。

首先，小舖的環境逐漸變得一團亂，原本不管何時都很乾淨的店裡到處出現小垃圾、小灰塵還有小蟲子，已經有些熟客抱怨了幾次，最誇張的一次是不知道誰將隔夜的水煎包放在桌子底下，正在給客人做指甲時往抽屜一掏亮粉，竟然抓出已經發臭的袋子，當場連客人都傻眼，更別提隔天不會自動擺放整齊的所有器具。

貨物到了，沒有幾個人有耐心核對和一一登記，都是有多少就用多少，叫了哪些也不曉得，要用的時候才發現沒有的狀況屢屢發生。

最糟糕的是，她們發現到支出似乎變得比之前還要多，而且奇怪地暴增了。

平價的消費方式與小舖被血汗的傳聞引來許多客人，但不知道爲什麼進帳卻比以前還要少，先前的收入扣除款項後，大家平分的所得還算多，可是現在顯然變少了，而且分配得非常不均，有時候是幾個人多拿、有時候是幾個人少拿，連要去吃飯的開銷都很容易有爭執。

爲了解決這個窘況，她們刊登廣告尋找會會計的女孩，也的確招來了新的員工，認眞、負責，但總不會多做其他事情，例如不會主動打掃環境和解決所有人的需要。幾次爭執、連續更換過幾次，會計越來越難找了。

一年後，平底鞋女孩拿著束花，悄悄去了海邊放下。

這個時候，她們幾個姊妹正在爲了分清小舖所有的錢和所有權大打出手，因此也請來律師處理、協調。

說巧不巧，這名律師就是之前「她」原本要聘請的律師。

看著那間小舖，律師似笑非笑地告訴她們，她原本是要請律師蒐證後提出訴控，話還沒講完，高跟鞋女孩就怒氣沖沖地說誰怕誰，活著的話讓她儘管來。

然後律師告訴她們，女孩約在失蹤前一週，也就是所有人把貨款都推到她身上時撤銷了委託，她告訴律師說，人死後也不過就是一折冥紙，五十元就一大疊，都算了吧。

她委託律師的就是在消息見報之後，幫她燒掉那一折冥紙，所有一切隨著一縷輕煙終將不復留存。

被嚥下的愛與恨，消散在海風當中。

她們沉默了。

## 04

小舖最後熄了燈。

店內所有儀器、工具都被搬得精光，店舖轉賣後所得扣除欠債已經所剩不多，最後每個人分到的錢只夠她們去吃最後一頓大餐。

就在小舖附近那家昂貴的餐廳，之前她們也曾來過幾次。

在律師的協調建議下，她們最終決定好聚好散，將這筆錢拿來吃解散前的奢華一餐。也是在這時候，她們終於發現這裡的消費究竟有多貴，竟然要花掉一般人大半個月的薪水。

時間是晚上，客人最多的時候，店內有許多優雅的客人們入座、用餐，談論的話題多半是高價化妝品或是股票價位，遙不可及的二樓VIP區裡，還有她們羨慕的社會上層人士。在那裡的消費，更是她們想也不敢想的高檔層次。

現在能坐在這裡，每個人心中突然生起可笑的落魄，還有對自己的嘲諷與不甘心。

她們拿起杯，最後一次碰杯，往後大家各分東西，可能老死不相往來，也不再去想她們曾經逼走、甚至逼死了一個最好的姊妹。

過去的謾罵言論還留在每個人的網頁上沉澱著，無力也無法抹滅。

不知道是誰先哭了起來。

讓侍者領路經過的女性客人奇怪地看了她們一眼。

也不曉得是不是淚眼造成的錯覺，或是自己心中有愧，平底鞋女孩覺得自己好像看見那個她被侍者領上二樓，但仔細一看，也不過就是有點相像的人，臉並不一樣，更別說對方穿著名牌衣服，那是之前她根本不會買的東西。

是不是本人，那已經與她們無關了。

✧

女侍者領著今晚單人包廂的客人在位子坐下。

經理告訴她，這位客人拿的是高級ＶＩＰ卡，讓剛得到這份工作的侍者小心招待。

「抱歉，請問你們這邊那位姓衛的先生……」

「嗯？目前我們的服務員中並沒有姓衛的先生。」侍者回以完美的微笑。即使是新人，但她也受過極爲嚴格的訓練，才得以站在這一層從容地服務貴賓。

離職了嗎？

她笑了笑，搖搖頭表示算了，然後看著老位子的窗戶下方。

「小姐今天是要慶祝嗎？」侍者注意到客人手上的房屋買賣契約書，立即說著：「正好我們今天有一道菜非常適合做慶祝呢，搭配紅酒十分美味，請讓我幫您推薦與介紹。」

「我還想要一個小蛋糕。」在侍者介紹之前，她先開口。

「小姐今天生日嗎？」

「嗯，剛滿一歲。」她補上了句，「去年在這邊出生的，那時候是那位衛先生招待。」

「那麼，恭喜您滿週歲了，我們正好有非常適合慶祝這種特別生日的小蛋糕，是甜點主廚精心製作的，也可以一起慶祝您成交的新生，您一定會非常滿意……」

她微笑著，輕輕地撫過契約書。

上輩子的事情，已經很遙遠。

很多事情和自己再也毫無關聯。

那天她告訴女性侍者一個故事，關於一個人在經歷了一生種種並落海死亡之後，在海岸另一端重新出生的故事。

就像每個人都會經歷死與生的輪迴一樣。

放在桌上代表孩子的契約書也是孩子的新生，它在其他人手下步入死亡，回到她手上等待著再次睜開眼睛。

並不是復仇，所有的事情已經隨著一縷輕煙消失在世界上。

名可換、面可改，糾結於過往事情上、死不肯放手的人們，依舊像小丑般跳著舞蹈。而新生的人們正繼續忙碌地向前，編織著屬於新生者的另一個夢想。

總有一天，會再經歷相同的輪迴吧。

那頓餐點仍然完美得讓人讚歎，就與這一年來自己所記得的幾乎完全相同，女侍推薦的蛋糕也十分美味，讓她多給了很多的小費。

現在的她，已經有能力可以寫下許多零，只是對於無法給一年前的侍者補上一些小費感到有些遺憾。

離開餐廳後，正好來到門口的黑色轎車放下窗戶，露出律師的臉龐，並不英俊，但眞心誠意陪伴她。

她微笑，坐進去，兩人交換一吻。

「顧客對妳的店面人性化系統管理很滿意，另外又再開出不錯的價碼，希望妳可以配合設計一套店家管理程式。」律師遞出企劃書，上面的頭款印著好幾個零，「沒想到摸起電腦妳也是狠角色。」

「我父母都是電腦工程師啊，從小我也沒少看過相關書籍。」爲了能與父母有相同的話題，她也曾花費苦心提升自己，一家三口才能夠開開心心地聊天，這些東西對她而言就如同吃飯一樣。她只是，更喜歡其他的工作而已。

「生日快樂，我的一歲小小姐。」轉動著方向盤，律師將車緩緩地開進車道，「接下來打算去哪裡？」

「旅館吧，有家叫作8 .Floor的白色旅館。」她拿出了名片，遞給旁邊的律師，「我們去那裡慶祝生日吧，要繼續走下去的旅人，才有資格進那家旅館。」

現在，她正在往前走。

「妳買下店面打算做什麼生意呢？」瞄了眼她委任自己簽下的房屋契約書，律師好奇地問著：「就我認爲，妳現在的工作可遠比美體小舖値錢。」身邊坐著的可是炙手可熱的工程師，想預約的人已經排到好幾個月後。

「我什麼也沒打算做。」她偏頭看著窗戶的倒影，那張在海中撞傷後重新整形過的面孔，「就放著，裝潢好，我們沒事的時候在那邊喝茶，說白日夢，躺在那裡面睡覺，就這樣度過一個下午，如何？」

「夢想王國嗎？」

「是的，送給我自己一歲的夢想王國。」

「好的，我一歲的小姐，那裡就是未來的夢想王國。」

之後，新的人生展開，新的故事將再度開始。

〈最後一餐〉完

# 死前幻象

# 01

那是條漫漫長長，通往最後去所之路。

黃沙瀰漫、偶爾駱駝鈴響，承載著無限的夢想與商機，一足一印踏在炙熱的烈日下，拓開了原本應該遙不可及的未來性。

說著不同語言的人們，彈奏著陪伴旅途的樂器，絲竹聲響中交換著各自的宗教信仰與傳說。

在終點那喧鬧的市集中，裝載著滿滿的美器與金銀、香料與食品。

古道，唯美地被稱作絲路。

◇

「找到了。」

踢開翻滾的黃沙，從裡面不客氣地拽出一顆早就風乾的滾燙人頭，乾巴巴的整個脫水了，有點像是某樓傢伙超喜歡吃的水果乾，只是人類版本實在讓人覺得反胃。「真是讓人好找，居然還在作這種妄想的夢，你老媽叫你回去吃飯的聲音都沒聽見喔。」

打開布袋，他粗魯地把乾人頭丟到裡面，接著又挖開覆蓋上來的沙，果然下方還有散亂的人體其他部分，零零散散的，幸好有齊全。

他原本可沒抱著能收到全屍的希望。

「忙了整個月，終於辦完了。」他最後在布袋上打個結，確保屍體不會消失後，拍拍袋子直起身，朝遠方揮揮手。

接著，是印有特殊圖騰的直升機出現在上方，對方並沒有降落的打算，只是垂下繩梯，他也就拖著布袋一起上去。機艙旁邊有個粉色的小行李箱，看起來像是某個尋常要去趕班機的空姐所擁有，然而空姐絕對不可能出現在這架直升機上。

頂著巨大噪音進入機艙內，見到除了自己聘僱的駕駛之外，還有另一個女性，大約二十多歲，身材很好很漂亮，穿著某航空公司的制服，坐姿完美地佔據了其中一個座位。

「看來你的工作也忙完了啊，巴。」女性朝他打了個招呼，笑容很完美，好像接著就會突然問他要咖啡或茶，再來給他一套空中午餐似的，「順路借搭，不會介意吧？」

「不會。」把布袋塞好，他向駕駛示意可以離開這地方了。

掀起了整片黃沙飛舞之後，直升機快速遠離這條古道——吞噬太多人夢想的死亡道路。

「又找人啊？」看著輪廓突出的布袋，女性隨手撥弄了兩下。

「找死人。又殺人啊？」看著滲出血水的行李箱，他隨口問道。

「嗯啊，從地球另外一邊回來，剛好埋在這條連接的道路上。」說著，女性把行李箱直接一腳踢下去，滾滾黃沙吞沒最後一點粉色，自此完全消失在人間，「找了好久，沒想到竟然會在那種地方。」她抱怨著，就像只是抱怨買不到漂亮的衣服。

他們對彼此既熟稔又陌生。

坐在駕駛後方的是巴，二十多歲青年的模樣，頂著像是高中生一樣的刺刺頭，左耳下有個老舊的銅耳環，耳環上烙蝕著不明字紋，偶爾會從環墜裡發出很低沉的小小聲響。雖然看起來年紀不大，卻給人沉穩老練的感覺。

坐在另一邊的女性叫作喜莉，水汪汪的大眼睛與粉紅色的嘴唇，美麗又精緻的小臉還有點孩子氣，笑起來有酒窩，還有股讓人移不開視線的清靈俏皮。

在很久以前，喜莉就像每個青少年一樣懷抱著明星夢，卻被小工作室騙去拍全裸寫眞集，隨後遭到在場男性無情地輪暴，當時她只能像其他軟弱的少女們一樣，被壓在廉價的沙發椅上，在昏暗的小房間內承受著極度恐懼、痛楚與自我嫌惡。

顫抖的身體內外滿滿都是骯髒，不僅僅是男人們製造的髒，還有自己無法抵抗造成的髒。認爲自己有些姿色便能平步青雲，別人讓她脫下胸罩時她甚至還以爲是試鏡，這天眞白痴的腦殘，讓她成爲全世界第一骯髒。

這些骯髒還被記錄在鏡頭之中，大量影片、相片，更糟的是當時有部分還被直播了，片段的影片記錄被流傳到網路上，可能她身邊的人都會看到。

她的家人、父母、朋友和師長，很快就會知道她是個又臭又髒，讓人一看就想吐的公車婊子。所以她無論如何都已無法回去；她就像陰溝裡的老鼠，只能發著臭蜷縮到黑暗當中。

那天遭到男人強灌餵藥，結果因此染上毒癮，被賣到連所在地名都不知道的狹窄屋內，整整兩、三年內都活在同齡女生無法想像的地獄裡，小小的腹部不知道多少次被男人們按住，把裡頭的小生命攪爛扯出體外，繼續讓那些野獸們恣意妄爲；胸部也因爲要迎和那些人，被強押著塞入不知哪天會裂開的廉價品，變得又沉又大，非常噁心。

現在會坐在這個地方，是因爲她朝自己心臟捅刀時才發現該死的人好像不是自己，所以在設定好的瓦斯爆炸後，她血淋淋地從地獄爬回來。

是非常老梗的復仇故事開端。

幸好我的心臟長在右邊呢。

一年後，她把當初推她入火坑賣淫的主謀之一腦袋割下來時，微笑地這樣說。

但是我很確定你的頭不會長在下面。

接著她就把頭丟到紅樹林裡面去了。

巴是在水筆仔林裡面找到那顆頭，接著才眞正認識這個人。

她存在於死者最後的幻想裡，和現實不一樣，死者最後想的是將眼前的美麗女性凌虐至死，讓她知道女人只能跪在男人面前求饒，不過這個幻象永遠也不可能實現了。

「還差四個。」喜莉踢著高跟鞋，脫掉一身空姐的衣服，隨手扔了出去，穿著黑色的內衣褲翻找隨身行李，接著套上了小可愛和短襯衫，遮掉了身上火燒的痕跡，還有胸側動過手術的疤痕。

我將追殺相關的所有人直到全部死光喔★

或許，在她死後，可以看到滿足的赤色夢幻吧。

那將是鋪天蓋地的血紅，用那些男人們的血液，覆蓋她拂不去的大片黑暗。

還有點稚氣的美麗臉龐呵呵笑著、很愉悅的樣子，她拉上門，隔絕了風，接著轉過來看著另一人，「巴，你剛剛看到什麼？那顆頭有什麼夢？」

「……妳是說我袋子裡的傻蛋，還是妳箱子裡的傻子？」

「嗯？你袋子裡的那個是怎樣的夢？」

看來一開始是想問箱子的吧。

巴環起雙手，閉上眼睛，讓自己從屍體中所看見的沉澱下來，「回到古代絲路的夢，唱歌、駱駝，還有人們跳著舞，絲綢和滿滿的香料，異地的人互相交換物資，白色的毛皮被拍掉風沙，掛在旁邊讓人標賣。」

「感覺好像很不錯耶。」喜莉也跟著想像那幅景象。

「裡面沒有付錢叫我來找屍體的媽媽。」

踩過沙漠的人跳舞唱歌，商人們分辨著香料與香水，絲綢在那裡得到了高昂的價碼，換到了足以讓商人們回去轉手後大賺一筆的美器，各種不同的語言與香氣、臭氣混雜在一起，纏繞成沙漠另一端的夢。

在海的另一邊，煮好飯的母親把飯菜放在靈位前，靜靜地插上一炷香。

✧

生物的腦袋相當美麗卻也很殘酷。

通常在死亡前會有瞬間記憶，有時候會看到神鬼勾魂，有時候會看見冤親債主，有時候會走馬燈播放人生，有時候會突然出現自己最美夢想實現的那瞬間。

許多人提出推論和研究，敘說著應該是在死亡前啓動了身體某種機能，也可能是在死前化散掉一些痛楚或恐懼的生物本能等等……但直到現在還沒能證明，確實那些到底是什麼。

實際上，不管有沒有理論，巴覺得都無所謂，對本來就不追求理論的人來說，不管推出怎樣的說法，都只是聽聽看看、笑一下而已。

他是個可以看見他人死前記憶的人，就像是站在街道上，非自己願意，但四周店家播放的音樂就是會緩緩流淌進來一樣，透過耳朵、滲透到腦袋裡面成爲一種資訊。同樣地，他也可以稍微看見靈魂、死靈……這些不同說法的東西，但倒沒有如死前記憶那麼強烈，那些東西也不會纏上來，更無法時時刻刻地溝通。

搞不好這就是傳說中特殊的通靈人體質。

也有可能和他家代代出和尚有點關係。

不知道是哪裡來的詛咒，總之他知道的二十代以內、包括過黑水溝的，代代全都僅生一對兄弟或姊妹；其中一定會有一位看破世間紅塵，爽快俐落地剃度出家，搞到他家快要可以成立家族寺院連鎖企業。

然後到他這代，就跟預料中的一樣，他弟拋棄他，勇往直前地跟著喪妻看透人生、決定化小愛爲大愛的阿爸剃了。

巴直到現在還很難向他人形容自己有天回家時，猛一開門看見兩個大光頭異口同聲地告訴他，往後佛祖面前相見的畫面。

在這種環境下，如果讓他們知道自己可以看到這種奇怪的東西就死定了，一定會二話不說送他去剃光頭。所以爲了自己的頭毛著想，巴很早就提起行李，遠離那片渡世救人的光頭環境，最後落腳在現在住的地方。

他雖然不是追潮一族，平常也都剃個學生頭了事，但還是沒有灑脫到要長伴青燈古佛叩叩叩的地步。

不過自己一個人獨居在外就要學會討生活，就算是佛祖，沒錢也修不了金身對吧。

打工一陣子之後，他接受了某個奇怪大叔的建議，開始運用自己奇怪的體質，低調地接一些一般人不可能會做的事情，然後又低調地住在旅館中，完全不張揚。

知道那個大叔是旅館老闆也是後來的事情了。

不久前，大叔因爲某些事情往生，幾個住戶給他辦了轟轟烈烈的葬禮，隨即他就接到現在這個工作，默默地出發了。

基於禮貌，他沒有向其他人告知大叔最後的死前記憶、或是死前幻想是什麼，僅僅傳達了遺言的部分。

算一算，繼承的新老闆應該也快到了吧。

然後他想起了這件來得不是時候的工作，原本一點都不想接的。

「請幫我找找我兒子。」

全身名牌的貴婦人把支票放在桌上，塗著高級紅色指甲油的手指從那上頭移走，絲毫不眷戀即將付出去的大筆金額。「他半年前跟教授去什麼鬼絲路，人失蹤了，那個教授說不出所以然。就算死了，起碼也要找到屍體回來，好有個交代。」

跟誰交代？

大概是在外面的丈夫吧。

巴知道對方是很有名的商人太太，有錢到把千元鈔票倒在游泳池裡游泳也不覺得浪費的那種等級。

——超討厭。

有時候在路上偶遇的意外死屍也會有詛咒富人，或是自己在最後變成鉅富不斷大笑的最後記憶。

說不定人一生走得那麼辛苦，就只是爲了最後這個夢呢。

巴看著寫了很多零的支票，有點困擾。

這類的工作不是大好就是大壞，伴隨著高額的酬金，後面往往是很多麻煩。

他比較想過幾個月安靜的日子，直到新的小老闆完全上任，確認好再出去——用這種藉口糜爛在房間裡，不受其他傢伙的騷擾攻擊，像條蟲一樣躺在床上蛀米就好了。而且他的存款也很足夠，讓他蛀個十幾年的米都還夠花，他搞不好可以去辦個蛀米促進會了，讓大家知道低調悠閒的美好。

令他改變主意的是一隻吉娃娃。

大概是吉娃娃吧？他不太了解狗的品種，反正小小的估計就是吉娃娃。

總之，貴婦放在車上的吉娃娃跳下車，汪汪地想越過馬路跑過來，結果被公車啪嘰地輾了過去，瞬間貼平在柏油路上，變得像是某種扭曲圖案的紋身貼紙，直接升天去了。

那條狗的死前瞬間記憶流滲過來。

黑白的畫面，華麗漂亮的大房子中，傭人站在旁邊，母親煮著飯，輕輕呼喚孩子的聲音顯得很空蕩。

所以他接下了工作，因為那條死狗的關係，千里迢迢地跑來這條絲路挖沙。

誰知道這條路上畸形的死人還不少，手上就只有當初教授的數據和研究團體的一些報告，他只好自己硬著頭皮彙整後，一路循著各式各樣的死者或記憶找了過來。

結果這樣一找，也找了快一個月，其中還包括他自己也迷路、差點跟著往生的時間。

幸好他早就有先見之明，準備好很充足的後援，不然就不是吃沙曬太陽脫層皮可以了事，而是眞的和家人在佛祖面前見了。

總之，應該對得起那麼多零了。

那隻讓他改變主意的吉娃娃當時就被悲慘的司機鏟起來，而且司機還被貴婦打了好幾巴掌，尖銳刺耳的叫囂聲連在對街的他都可以聽得很清楚。

唉……她兒子的死前記憶沒有她呢。

就像之前他去幫忙警察處理分屍案那次，發現對方死前記憶滿滿都是外遇的情婦，在家裡哭的正牌老婆完全不知道有情婦的存在。

最後發現死者是被情婦串通小白臉謀殺的，死後還被切成了十幾塊。

從血腥的刑案現場回過神時，巴已遠離了古道。

還要一些時間才會回到家呢。

# 02

喜莉是個很漂亮的女孩子。

只要見過她，都會如此認爲。自小在街坊鄰居中沒少受過稱讚，自進了幼稚園開始團體生活，配上開朗活潑又負責任的性格，不僅僅同儕喜歡她，師長們也很疼愛她，就像月亮被星星所包圍，她也被無數的人捧在手心中。

高中當選了校花，照片開始在網路上流傳，有人主動建立了粉絲專頁，按讚數越來越多，每個人都稱讚她很有當大明星的天分，不只那張臉，她在活動上的表演台風、自信與冷靜，都狠狠碾壓過同年齡的女孩子。

但也因爲過於自信，讓她在高中即將畢業時讓一個工作室給騙了。

起因是張名片，透過網路找上她的人在咖啡店遞給她一張名片，說希望免費替她拍攝一系列相片，因爲她在當地小有名氣，很可能往後會有經紀公司找上門，他們希望這組相片能作爲出道前宣傳使用。如果她願意，往後雙方一起合作賺錢也皆大歡喜，也希望哪天她大紅了，別忘記有這間小工作室。

因爲對方態度誠懇，加上同學們幫她在網路查到工作室的確有登記立案，而且有知名攝影師操刀，不像是隨便騙人的，所以讓她放下了戒心，傻傻地在約定時間前往，傻傻地按照對方的鬼話連篇脫下自己的衣服。

如果時間能倒轉，她多麼希望自己不要懷有明星夢想，這美好的心願，終究淪爲遭到他人踐踏的工具。

然而過去的事已經無法挽回，她也只能用染滿鮮血的手，惡狠狠地撕裂未來。

雖說是小工作室，但她後來循線找出幕後老闆時，發現對方還眞的是圈內高知名度的攝影師，爲了自己不爲人知的興趣與地下那些不能見人的金錢交易，另外用他人的名義開設小工作室，專門欺騙像她這樣的女孩，輕則被騙拍不雅照片、影片，重則整個人生都賠掉，被他們利用操控，像她這般無法再回到家裡。

而這些幕後的人，出事後撇得乾乾淨淨，好像他們的手是世界上最乾淨的，無恥啃食那些眼淚凝結成的金錢。

走入黑暗之後，她用正常人不可能知道的管道，排除萬難地搜挖出這人；然後她把對方的心臟挖了，丟給狗吃。這種人怎配擁有心？他們的心都不是人的心，是鬼的心，所以他們自然不需要這些血肉做成、還會疼痛的人類器官。

接連不斷地報仇，一個個將欺騙過她的人、欺負過她的人拖出來，然後親手送進地獄。

就跟一般同齡的女孩子一樣，當她把手洗乾淨之後，就坐在路邊超商前，愉快地按著手機，給剩下存活的那些人發簡訊時，細小的鈴鐺聲響了一下。

「原來就是妳喔。」

她抬頭，看見了個大男生，乾乾淨淨的，但有種說不上來的沉靜氣質，一邊的耳朵掛著老舊的耳環，然後嘖嘖地搖搖頭，「快跑吧，紅樹林那顆人頭好像死前有交代說妳是嫌疑凶手，可能會有人找妳麻煩喔。」

對方手上提著環保袋，裝著泡麵和零食，感覺像普通路過的人一樣。

喜莉不知道爲什麼對方會那麼肯定自己就是下手的人，基本上她殺的那些人全都是欺騙女孩子的垃圾，並不是只有她一個復仇者。

開始報仇時，她才發現受害者相當多，有些人願意某種程度上協助她，有些無法忘卻過去的，不只提供了她金錢與情報，還願意自己拿起刀，切割人渣們的皮肉。這當中，還有受害者的家人們，痛徹心扉的一對父母甚至哭訴女兒如何因此想不開，自殺慘死。她在那對父母悲傷的表情裡，看見自己的父母。

所以，她找到了欺凌死者的垃圾，拖到傷心的家人面前，終結了他們的生命。

很多人都說復仇不會讓人更快樂，但當人已無法掙脫痛苦時，有什麼比復仇更能讓他們擁有活下去的動力？

不切割那些膿瘡，哪能讓自己長出新肉。

復仇者，並不只有她。

所以，當自稱巴的大男孩肯定地望著她時，很快地讓她起了興趣。

站在那邊的男孩稍微解釋了下，她才知道原來世界上真的還有靈異這種事情。

「死前看到的幻象到底是怎樣的？」她沒有問那顆人頭還有什麼交代，反而將對方帶去飲料店，兩人坐下來聊天。明明知道她就是殺人不眨眼的凶手，男孩竟然還真的乖乖地與她一起走，並不擔心被滅口什麼的。

然後他說，像影片一樣。

有時候很長，有時候卻是一幕幕短暫的片段。

巴想了想，用最簡單的方式解釋，「就跟影片差不多，有的是真的，有的是假的。」有的顏色鮮艷，有的卻毫無色彩。

他做這種工作已經幾年了，也不是抱著積陰德的心態去做，純粹只是接受委託、幫忙尋找點屍體，領些酬金足以生活，更多他就不會做了。

復仇或完成心願什麼的都不做，當然也不會告訴對方的親人朋友他可以看到的事物，很多時候，他亦覺得沒有必要說。

他的委託者僅知道他能夠幫忙找屍體，將這些流落在外的迷失者送回家，彌補遺憾，如此而已。

剛好，除了這個主要的能力之外，看到鬼魂只是附加的，所以他並沒有說謊。

「通靈人。」喜莉笑著說。

巴說他的朋友直接叫他和尙，但他超不想被叫這個綽號，他連往生咒都不會唸，只是混口飯吃，低調悠閒地過自己的生活。

那何必告訴她這個陌生人有這種能力？

還滿年輕的巴想了想，「因爲我已經在好幾個死人的幻象看過妳了。」他這樣告訴女孩，「包括應該是妳父母的骨灰。」他在靈骨塔幫委託者送人最後一程時路過看到的，那彩色的幻象帶著濃濃的憂傷。

「喔。」

喜莉失蹤後，父母瘋了似地到處找她，等到她從地獄爬出來時，他們已經死了，就連最後一面都沒來得及見到，就像人間蒸發一樣，只留下很輕的灰燼。

失去女兒也無法好好過自己人生的父母耗盡本來就不多的錢，賣掉房子，到處地找、到處託人打聽，即使遇到騙子也不願放棄任何希望，最終生病時連醫藥費都付不出來，還想著要連這些都存下來才能繼續找她，就這樣過去了；然後由日子也不怎麼好過的叔叔們集資收走，用廉價的棺木裝著送進火葬場，再也沒有了。

所以那些人不死不行。

「……收手吧？」巴嘗試地勸了下，然後自己又搖搖頭，聽完對方的遭遇之後，也不覺得應該放過那些人，但如果可以，他希望女孩能夠就此停手。

「勸世嗎？和尚。」喜莉勾起微笑，她喜歡男孩有點苦惱的表情，還有認眞爲她著想的話語，那和她父母很相像。

然後巴回了她一句去你的。

男孩眞的給人很沉穩的感覺，完全超越他現在實際年紀應該有的。雖然他本人很想表現出自己非常低調，但光是坐在那邊，就讓周圍的客人們感覺到難以形容的寧靜與輕鬆，好像世間的吵雜紛鬧都被隔開了，這裡唯有風與光而已。

喜莉在那個下午把自己的事情都告訴他。

不過有個想法她沒有告訴對方，之後喜莉和巴多次往來，或是工作或是偶遇，陸續知道他家的事情，青年說得好像有點無奈，但她卻只能尷尬地咳了聲。

沒說出口的是，其實他眞的很適合一起去當和尚。

## 03

「妳那顆頭裡面，裝滿了人生跑馬燈。」

轉搭飛機時，巴這樣告訴旁邊的友人，「超級不想看的，果然是個壞人啊，他在被妳宰掉之前的大半輩子都在糟蹋女孩。」

「嗯啊，他是把我害去賣春的其中一個。」喜莉坐在商務艙裡，跟空姐要了茶，兩個人都刻意換了語言壓低聲音，讓機上的其他人聽不出交談內容，「死到臨頭還在回味，這種人怎麼不會得愛滋病還是梅毒啊。」就像那些老愛酒駕的人，總是不會撞死自己。

「你的屍體呢？」上飛機前，喜莉沒有看到對方千里迢迢來找的那布袋乾屍。

巴聳聳肩。

「請人幫我弄回去了，總不可能帶著登機吧。」巴露出了笑，越靠近家，他的心情就越愉快。雖然他也可以自己想辦法將屍體送回去，但不如一通電話請有力人士來得快，省時間也省腦子，對方還不要他的錢。

「眞好啊。」喜莉嘆了口氣。

她和巴雖然是朋友，但也僅只是認識的朋友，像這樣碰巧遇到、借搭個交通工具，差不多就是極限了，下飛機之後大家就各自分頭離開。

巴有自己的家。

不是那種和全家人或其他親人一起住著的家，而是在一棟旅館裡有屬於他的房間，天天都有人替他打理居住所需。聽說先前和旅館簽訂長期契約之後，他就一直住在那裡，雖然並不常聊到其他住客的事情，但只要一提及，巴就會露出這樣的微笑，像是迫不及待想回家的笑容，讓喜莉有些羨慕。

那是在都市中被稱爲「8.Floor」的一家旅館。看起來不是最新的，但也不是老舊，沒有最先進的設施，也不是懷舊風格，而是有著自己獨特的寧靜氛圍，且一見難忘；在眾多建築物中不特別顯眼但也不會讓人忽略，除了乾淨整潔的外牆，還擁有許多讓人驚歎的漂亮玻璃窗的白色大旅館。

都市傳聞中，「8.Floor」裡有許多像是巴這樣奇異的人，全都擁有長期住戶的契約和資格，但沒有人知道那些人住在哪一層、哪一號，只有透過各種管道才能聯繫上。

但是，說不定這也只是一個傳聞，這些人搞不好是不存在的。因爲沒有人能夠指明有哪些人，擁有的能力之類的訊息也全然不知，只是因爲旅館歷史太久遠才有的奇異傳說而已。

喜莉雖然知道巴住在那邊，但也一樣不確定傳聞的眞假，她唯獨能確認的，就是巴這個人本身很特別。

況且每間旅館都有自己的固定長住客人，並不是單單「8 .Floor」有，巴也幾乎沒說過其他人的事情，只說他有認識幾個朋友。

甚至，喜莉也不知道他住在哪一層、哪一號，他們只會在外面偶遇，開玩笑說著這件事時，巴也推說不可能隨便讓女生去參觀男生的房間。

下了飛機，他們就會分頭離開，這次也不過只是個偶遇。

看著旁邊熟睡的大男孩，喜莉勾起一抹淡淡的笑，不打算吵醒對方。

在沙漠曬黑、曬傷的臉脫皮嚴重，對男生而言似乎不太重要的膚況也變得糟糕許多，看來要恢復應該得花段時間了；仔細看還多了不少曬斑，用粉底液來比喻，喜莉剛認識對方時，大概和現在差了三、四個色號……不，可能是一口氣變成最黑的那個色號；是女生應該就會尖叫著天天敷美白面膜，還要去美容院花大錢求神保佑。但是深深的輪廓仍可看出有張帥臉，只是年紀不算太大，還給人一種大學生的孩子感。

巴雖然一直強調他很低調很懶，但工作時非常認眞。

當初她把人頭丟到紅樹林時，還是對著一坨屎砸去的，虧他可以在那團惡臭中弄出來。

「和尙……」

連睡覺時都能帶給人心靈沉靜的感覺，還眞是天生的非凡能力啊。

飛機即將抵達目的地的前半個小時，本來正在熟睡的巴突然睜開眼睛，中途喜莉幫他蓋上的薄毯跟著動作滑落到腹部。

「有人死了。」巴揉揉眼睛，打個哈欠，聞到空氣中還有剛剛午餐的味道。他把午餐時間睡過去了，不過顯然旁邊的同伴很體貼，幫他留了些吃的在桌上。

接著後方的經濟艙尾端傳來尖叫聲。

喜莉跟著看去，幾個空姐匆匆移動，邊安撫著其他旅客不要隨意離開，沒什麼事情的。她隱隱聽見那些空姐低聲交談著說後面有對老夫婦，老先生突然睡著睡著就離開了，一點徵兆也沒有，正在緊急幫附近幾名旅客換位子，安置屍體與安撫老太太的情緒。

喜莉把剛剛午餐留下來的果醬麵包放到對方手上，「看到了？」

「唔，他還在作美夢說回去要告訴太太，之前買的刮刮樂中了三十萬，藏在家裡的保險箱最底層，準備回去給個驚喜。」巴嚼著麵包，翻出上飛機前買的水，「應該是眞的，都計畫好了，他想用這筆錢帶太太去他們第一次蜜月的地方。」

數十年前他們還很刻苦，結婚時，勉勉強強湊到了錢才能搭火車到達的小天地，現在已經成了懷念且珍惜的過往。

再過二十分鐘就要降落了。

「我跟著老太太回去好了，順便告訴她這件事情。」喜莉支著下頷說道。反正她很擅長跟蹤和變裝，自己就是靠著這些去殺掉不少人。

「嗯。」巴沒有意見。

哭聲與駱駝鈴鐺的聲音重疊。

絲路上的音樂聲，紛擾的市集聲，老太太的哭聲，老先生夢中的笑聲。

人生到底是一場夢，還是最後這個幻象才是人生？

巴關上礦泉水，無謂地嚼著有點發硬的甜麵包，覺得還是旅館附近麵包店的比較好吃。

飛機上的騷動持續到降落，人們陸續下機，這件他人的事將在茶餘飯後逐漸被遺忘。

又有一個幻象將在他的腦袋中逐漸淡去。

其實巴早就學會拒絕一些外部資訊的流入，畢竟自己的腦容量也沒那麼大，常常這樣是會瘋掉的，所以他經過朋友的介紹，學會了「拒絕」。

但是入夢時，那些幻象卻會不受控制地自動滲入，不過也僅只是一場夢，醒來之後隨著時間褪色然後消逝。

一個人留下最後幻象後，終將在時間裡逐漸被洗淨，那些曾經看過的幻象也像影片般漸漸被他遺忘，然後會有新的覆寫上去。

就像蝴蝶，雖然羽化後瞬間美麗，但死去的速度也快得殘忍。

「對了，妳還是不停止嗎？」巴站起身準備拿隨身行李，看著旁邊一直在注意後面動靜的女性。

「嗯，沒辦法。」喜莉笑了笑，「不殺光他們，沒辦法開始自己的人生。」

駱駝鈴鐺聲、市集叫賣聲，老太太的哭喊聲，女孩柔軟的說話聲與人們從此地散去、前往彼地的喧鬧聲。

✧

巴看著旅館前的大紅地毯發怔。

「咦？你去夏威夷做日光浴啊？」正打算走進旅館的人停下了腳步，好奇地眨眨漂亮的眼睛，確認自己沒看錯人後，倒退湊過來，像是發現新大陸般盯著人上下打量，「好黑喔，巴你要不要去美白回來？我覺得之前比較好看喔。」

他回魂，看向自己身旁的住戶，「過幾天自己會白回來啦。」

「是喔，我想說搞不好可以問問少爺啊，他旁邊的姊姊也很白，說不定有很好的美白方法喔。」笑嘻嘻的男孩推了推肩膀上的背包。他小了巴幾歲，外表看著是高中生或剛進大學的青稚模樣，除了背包，還揹塊大大的畫板，就像是剛寫生完的學生般。

只是，一般的學生寫生完可不會出現在這種地方。

「西方不在嗎？」巴看了一下後頭，沒看到男孩的監護人。

「喔，他去買東西了，前兩天西方喝酒和人打賭賭輸，說要連吃一個禮拜炸雞，所以現在三餐都吃炸雞，我在監視他有沒有偷吃別種東西。」說完，男孩子又笑了出來，清澈明亮的眼睛與大方開朗的態度給一路風塵的巴愉快的感覺，連那些炙熱黃沙的煩躁都被洗脫了。

男孩乍看之下不是很高，實際上也有一百七十左右，比巴稍矮幾公分，不過穿著打扮比較休閒，又有張娃娃臉，個性很單純、愛笑，讓他看起來像是只有一百六十的嬌小錯覺，有時候聊天聊著，就會很想往他頭上摸摸。

也的確這麼做的巴揉揉對方的黑髮，再看著紅地毯。

「這是歡迎小老闆用的，不過也放兩天了，大概是忘記收吧。」男孩跟著看向紅地毯。之前旅館的地毯是另一種，會不定期更換，說不定這次用了紅地毯，旅館人員也懶得收，打算等下一次更換時再處理。

反正白色的大旅館，用紅色的地毯搭配也很適合。

「新老闆在嗎？」

男孩搖搖頭，「跑去找律師了，在歡迎會遇到少爺、我和西方等人後，好像胃很痛地跑掉了。」

巴點點頭，表示了解狀況。

看來小老闆很正常。

不過律師也是前老闆安排的啊嘖嘖……

「你要一起回家了嗎？」看著對方的行李和腳邊的大布袋，男孩歪頭。

「還沒，要去結束工作，你先幫我把行李拿回去好了。」巴解下了身上的背包，遞給對方。

「好啊。」男孩單手提過異常沉重的行李，神色完全沒變，笑嘻嘻地揹到身上，「有禮物嗎？」

「裡面有駱駝鈴鐺，你自己拿吧。」巴再度揉揉對方的頭，揹起了布袋，「晚點見。」

男孩在計程車後用力地朝他揮手，接著轉身走進旅館。

回去之前先去麵包店買點麵包好了。

看著景色不斷往後倒退的車窗，巴決定避開要吃一個禮拜肯德基的人的房間。

天知道那些雞肉塊裡有沒有附著哪隻雞的最後幻象，不管是眞的還是假的，有意義或無意義，看起來總不是件愉快的事。

普通人大概很難理解那種畫面，但小動物確實也有死亡幻象，而且比人們想得還要多。大部分都是幻夢著自己能夠吃飽睡足、盡情奔馳過一天，那幾乎是小動物們最開心的事情，即使如此，還是有很可怕的畫面。

動物與人類所看見的世界並不相同，有些在極度恐懼中死亡的幻象會反映出死前所見，那時的人類就像巨大又黑暗的怪物，幾要滅頂的濃烈驚恐往往久久都揮之不去，很難想像那些動物小小的軀體裡竟然承載了這麼驚人的情感分量。

所以在很久之前，巴已經不太吃肉類食品，就算學會「拒絕」後也是，頂多就是吃點葷食的泡麵，或是一點點肉乾。

他很明白茹素茹葷都不是絕對的錯與對，只是天生擁有這種體質，所以做一些對精神比較好的選擇罷了。

但這並不代表他要看破紅塵。

摸摸自己的頭，他覺得自己果然還是這樣最好。

計程車開了半個小時左右，到達了他稍早和委託人約定的店家。

那是間只接受預約的高級日式餐廳，沒有菜單，專門爲有錢人服務，一口壽司就可能吃掉近千塊的超高檔店家。

就算付得起錢，巴還是寧願去找中低價位的壽司，起碼當別人吃一口時，他可以愉快地吃好幾口……縱使他也只吃豆皮壽司、花壽司和海苔壽司這幾種。

他嘆了口氣，讓自己進入完全拒絕的狀態後，才踏進壽司店，在服務生帶領下，拖著可疑又與這家店風格迥異的廉價布袋進入包廂。

包廂裡坐著那名貴婦，膝蓋上的狗已經變成了其他知名犬種。

接著他把布袋交給對方的手下打開，貴婦看到乾屍那瞬間臉色變了變，但是很快又恢復原本的樣子，上次吉娃娃被啪嘰時她至少還有尖叫憤怒，這次卻一絲聲音也沒有。

貴婦確認完屍體，又將一張很多零的支票放在桌面上交給他，然後吩咐店家端上最好、最高級的料理，一切由她買單，然後就說有事情必須先離開了。

婦人離開得相當匆促，即使不去猜測，也能看出來她想盡量不要與「畫風不對」的人待在同一室太久；上回委託時也是這般急忙。

空蕩的ＶＩＰ包廂裡，巴面對著盤盤高檔生魚片、壽司，然後嘆氣，邊思考著不能對廚師沒禮貌，邊悲劇地埋頭吃著紅豆麻糬湯。

接著店家就驚恐了，以爲是他們的菜色不夠好，急忙跑出來詢問哪邊招待不周，就怕被貴婦怪罪什麼的。

巴花了好一番工夫，用最簡單的話讓對方相信他最愛的是紅豆湯，他可以就這樣吃紅豆麻糬吃到飽，其他的沒什麼胃口、想打包回去，餐廳師傅們暗暗白眼，但還是很誠懇地又端出一大鍋紅豆麻糬，最後眞的用保冷箱讓他把全部的生冷料理帶走。

眞是家很認眞的餐廳。

但沒人買單的話，巴應該是不會再踏進來了。

出店家後，他才注意到那具乾屍遺留下淡淡的幻象，與之前的不同，似乎在被貴婦帶走後有了微妙的轉變。

黃沙、駱駝與市集，人們相聚時的吵鬧聲。

在那其中，有不屬於古道的爭執聲。

或許是他沒注意到，也有可能是回到這裡才顯現出來。

死前幻象其實相當複雜，有時會起變化，就像化學一樣，但誰也說不出來這是爲什麼，大概只能用死者強烈意念的變動來解釋。

男人質疑著血緣的問題，和擁有高貴血統的狗不同，狗只要有證書就高價非凡，人類卻不是這樣。

然後，小孩消失了。

現在，男人因爲長期患病打算處理財產，如果孩子確定與他沒有血緣關係，母親將拿不到任何一毛錢，而且還會被男人處理掉，蒸發在這個世界上。

不管如何，就算只剩下乾屍或骸骨，都是被需要的，只要能驗得出ＤＮＡ，剩下什麼部位都可以。

被啪嘰的吉娃娃說不定也只是作了一場幻象美夢。

「唉呀……」

# 04

喜莉確認老太太找到那張刮刮樂後就離去了。

她並不在乎老太太接下來怎樣用那筆錢，也對老太太往後的生活沒有興趣，那一切都有對方的子女們來負責，旁人要如何待老太太也都與她再無關係，她僅是讓對方知道有那張紙的存在，替幻象做個結束，就這樣。

按著手上的簡訊，收到了下一個人的所在地。

這個情報販賣者是巴介紹的，她完全沒有見過對方，只是一直倚靠著手機簡訊通聯，費用也是以匯款給付。

剛開始進行報復時，因爲人脈不廣，加上願意協助的人常一樣不太明白地下情報，所以她經常被坑騙，實行起來相當困難，有時候差點反而被殺；直到她逐漸站穩腳步，後來認識了巴、被引介了情報商，她的復仇之路才終於走得順遂。

雖然是剛下飛機，但她並不須要喘口氣。

應該說，沒有殺光其他人，她就永遠不可能喘口氣，這口氣只會憋在她的喉嚨裡，堵死因他們的傷害而發出的痛號哭泣。

於是這天晚上，她畫了個完美的妝，塗上最新一季的指甲彩，接著把人拖出來開膛剖肚，水藍色的指甲浸潤在血水當中，最後將那些屍塊丟到山區。

就算警方找巴來幫忙辨認屍體，巴也不會告訴他們凶手的資訊，因爲他的業務範圍就只有尋屍及幫忙認屍這幾項，如果拓展到找凶手，那他大概很快就被滅口了吧。

那個大男生，是她見過最有分寸的人，很明白什麼該說什麼不該說。

所以她也挺放心的。

這具屍體看到的是怎樣的死前幻象呢？

不知道是不是像上一個人一樣，依然做著跟生前一樣既噁心又不要臉的夢。早知道那時候她應該凌遲對方，讓他們死前充滿恐懼，而不是從背後悄然無聲地一擊斃命。

她追殺的這幾個人，在她鍛鍊自己的這幾年完全沒有悔改，依舊騙著懷抱夢想的女孩子，販賣著毒藥、強迫女孩賣春，最後竟強行從那些年輕的身體裡面取走器官，現在還到海外偏遠地區欺負更多說著不同語言的女孩子。

就算只有一個感到悔意也好，但直到現在，一個也沒有。

接下來幾個星期，喜莉在另外兩個酒吧找到她的目標。

換上便宜又保守的衣物，擦上普通的化妝品，只要看起來漂亮脆弱又容易欺騙，她就能成功地讓對方毫無戒心地陪她上山看夜景治情傷，或是扶著佯裝喝醉的她到偏僻的小巷中醒酒……然而在死前，他們甚至連她是誰都沒有印象，那些被拐騙女孩的名字早已從他們記憶裡抹除，不斷尋找下一個獵物，就像一條永遠吃不飽的蛇，四處啃蝕著其他動物。

就算她早早發出簡訊，他們還是不記得她是哪位，只知道有人要殺他們。

喜莉坐在屍體旁邊，看著空曠的屋子，嘆氣。

接著她發現，有好幾個人悄悄地靠近空屋，將外面包圍起來。

果然，都在她的預料裡，但是都已經殺到剩下最後一個才來反撲也太慢，她還以爲之前在殺老大時就應該來了，看來她太高估這些人。

幾束手電筒的燈光射了進來，如同刀刃割破黑暗黏稠的空氣。

她看見幾張猙獰糾結的臉，在冷光下更顯得陰森，這讓她想起被欺騙那時候，那些可恨的臉。

這些人，永遠不會認爲自己有錯，不管如何恣意剝奪弱小的人，看著那些傷心悲痛，他們都只會殘忍地放聲大笑。

有些惡魔，一輩子都不會感受到別人的痛，他們連死亡頓悟的資格都沒有，只能永恆抹去存在來讓他們不再傷害別人。

最後一個人站在她的面前，支使著那些打手撲上來，打算在今天徹底解決掉這個一直在威脅他們生命的她。

幸好對方請的不是什麼殺手，而是那種隨處可見的打手，不過人數多也真的很麻煩，尤其她最後一個目標物從懷中拿出槍時，喜莉更有這種感覺。

喜莉甩開黏在刀上的血液，站起身。

或許，她終於可以好好喘口氣了。

前不久遇到巴時，是在絲路上遇到的吧。

古道，過去充滿了鈴鐺聲、錚然的樂器聲，以及路過商人們的耳語聲。

人從起點開始出發，經過了漫長的道路與磨練，在沙上踏過生與死，威脅與寂寞，最後進入了充滿香氣與美物的終點。

是正在走的這些路是人生，或是最後終點才是人生？

「說不定放個長假去旅遊也不錯。」

最近，她也看了旅遊網，很多旅行社都在推出古道絲路行了。

如果，在父母活著時，能夠一起這樣去玩就好了。

那些美麗的外表其實不代表什麼，舞台與自信都不代表什麼，在知道人生是什麼時，光輝璀璨的亮麗外在已經都不具任何意義了。

喜莉微笑著，揮出刀。

✧

巴看著滿地的屍體，皺起眉。

這幢位在山區的鐵皮屋是在清晨時被人發現裡面躺滿開始長蟲的屍體，從屍體腐爛的程度來看，事發起碼已經有好一段時間。

發現者是一群吃飽撐著的大學生，挑在都市傳說中的鬼魅時間點來試膽，結果差點全部被嚇破膽。

「報酬兩倍。」他默默地轉過頭，看著唬他來的刑事小隊長，吐出以上四個字，後者一臉痛苦地點頭，接著按著抽痛的腦袋走去另外一邊。

他站在一片屍體之中，在令人作嘔的氣味裡一一辨識著最後幻象，每個人的都不一樣，有眞有假，但大部分都可以提供訊息。

認識的警官站在旁邊，協助著辨識，因爲已經預先調來了當地的失蹤檔案，所以很快便釐清大半死者的身分，全部都是登記在案的混混，剩下的部分在各種交疊的幻象中逐漸被找出來，慢慢地核實。

天黑之前，全部十四具破爛的屍體都已找出生前的身分。

然後他的任務結束，月底報酬就會入帳。

巴坐在警車上喝著飲料，若有所思地想著幻象中那名女性，飛舞在黑夜中如美麗的蝴蝶，血液不斷噴灑四濺，像是翅膀一樣。

偶然映照到她蒼白面孔上的光，打亮了那張漂亮面孔最後的表情。

她應該已經鬆口氣了吧。

連結著每具屍體的最後幻象，他望著山區的另外一端，那人拋下刀後，纖細的身軀拖出一條血路，搖搖晃晃地離去。

「那個可以借我嗎？」巴看到經過車邊的小員警，指指對方手上袖珍版的往生咒本，對方遲疑了一下，還是拿給了他。

畢竟是隊長專程請來的人，不管要借什麼肯定都有理由，要優先協助。

巴翻開小本子，很快地記下所有文字，在撤隊前交還給對方。

最後案件被歸為兩方人馬分贓不均的衝突，十四具屍體裡有兩人是賺女孩皮肉錢的人渣，深入調查發現這幾年陸續已有各種磨擦，估計是談判動手，最後全滅。

這種狀況並不少見，小組織的吃相最難看，警方也不是沒見過，有些還會壓掉不讓媒體當作八點檔報導個沒完。

不過這案子疑點很多，隊長持續追查中。

每具屍體的致命傷都不一樣，檢查出來像是同一個人的手法，在場死者皆已無法開口，根本不知道是誰動的手，只知道每具屍體都有混戰的痕跡，看起來也像火爆互毆過。

現場還找到一把子彈全空的槍。

巴看著晚間新聞，向小隊長打過招呼，逕自離開了。

站在黑色的路上，他招了手，叫了計程車，給對方一把大鈔後，讓對方心甘情願地載著他去山區，然後什麼也沒過問地讓他下車後離開。

黑壓壓的山區裡傳來了各種不同的聲音。

自殺者的幻象、被殺者的幻象、意外死亡者的幻象。

他站在路口，後面來了幾台摩托車，正要夜遊的青少年們以爲遇到落單的好獵物，將他團團包圍起來，語氣不善地冷笑，要求交出錢包。

巴露出微笑。

五分鐘後，他認命地努力走進山區，丟下後方滾了一地的青少年們。

唉，低調悠閒的生活……

他甩著有點發痛的拳頭，循著幻象走進黑暗裡。

每個人都必須踏上古道。

黃沙、駱駝鈴、人與人交換的低語。

充滿冀盼的啓程，充滿害怕威脅的路程，充滿希望的未來旅程。

踏上終點後，絲綢、音樂、香料與香氣陪伴著歡呼。

交換了器物，終究會再折返原地。

是在這段旅程中找到人生，或是踏入終點時才是人生？

幫對方唸著往生咒，也給這片黑暗土地中還未被發現的屍體們一併唸著，四周逐漸安靜了下來。

明天開始，警方會擴大搜查山區吧，看看是不是還有遺漏的地方。

他聽見了腳步聲，魔神仔的步伐嘻嘻哈哈地消失在黑色當中。

最後，他走到自己要尋找的地方。

那人閉眼微笑著等待自己到來，身邊的血像是翅膀般展開，面部安詳得像是睡著般，既滿足又安心。

巴拿出手機，撥了電話。

電話那端會直接接通正要開始準備晚餐的旅館。

「西方，幫個忙好嗎？」

## 05

靈骨塔中來了一組祭拜者。

巴將嶄新的往生咒本和駱駝鈴放到櫃裡，一家三口的相片朝著他微笑。

「結果眞的就用火拚結案了耶。」男孩蹲在旁邊，攤開手上的報紙，一個禮拜後空屋案件解決了，因爲沒有人提出反駁或抗議，社會的殘渣就消失在新聞裡。

人們只會評論又少了些危害社會安寧的人渣，接著就忘卻這些事情，因爲與他們無關。

「嘖嘖。」巴沒有什麼意見，反正這種結局也好，不過那十四具屍體聽說還有一半沒人出面幫忙收屍，大多是年少時便與家裡斷絕往來，因爲壞事做多了也沒人願意善後。

男孩翻出了巧克力棒，蹲在旁邊邊吃邊看報紙。

這裡還有很多的最後幻象，每個人的都不相同，有的已經淡然無色，有的還鮮艷得連背景都可辨認。

巴呼了口氣，拒絕各式各樣流滲而來的資訊。

在男孩吃完巧克力棒後，兩人一起走出靈骨塔。

「西方在那邊。」指著遠遠的彩繪拖拉庫，男孩愉快地拉著人小跑步過去。

「你們有工作嗎？」巴看著那台招搖到太過火的大型聯結車，記得剛剛他們來的時候，明明好像是台越野車才對。

「對啊對啊，等等要直接開上船了，很有趣吧。」男孩打開車門，把人推上去，自己也跟著往上跳，「巴要一起去嗎？」

「……請在大馬路放我下車。」他要回旅館當蛀蟲。

然後他就跟樓上的傢伙們在路口分開了。

川流不息、人來人往的路口，他想了想，放棄招計程車，轉頭走進一邊的輕食小館。

坐在位子上，透過玻璃窗看著每個人時，手機響起來了。

巴看了下，是刑事小隊長。

他是所有客人中報酬給最少、但工作量最多又最重的，動不動就開示說人應該爲他人付出，多做點功德準沒錯等等。

不過巴從來沒給他打折過就是。

他可不想當別人沙漠裡的駱駝，最適合他的地方就是房間，低調再低調，默默地在裡面生活就好。

電話響鈴結束後，隊長很不死心地再次撥來。

巴也很乾脆，直接關掉手機電源，反正旅館住戶要找他，多得是其他方法。

接下來，跟小老闆打完招呼，應該放個假了。

「去哪裡好……」

路口猛然傳來巨大的煞車聲，一輛違規闖紅燈的機車被捲到砂石車底下，暗紅色的血液從柏油路上慢慢爬出。

他在幻象中看見那個男人的歡呼。

他盜用了公司上千萬的公款，然後成功讓公司將目標轉移到貪污收回扣的另一個部門的主管身上，完全忽略他的存在。

今天，他辭職了，已準備好機票，只要飛走，這筆款項夠他們全家過好日子了。

回到家，他的人生就可以走向充滿香料與音樂的終點。

然後他在幻象中和家人一起開心大笑。

巴想了想，再次打開手機，裡面有隊長未接來電八通。

或許，現在的這邊才是幻象吧。

他看著一個三人家庭走進輕食館，其中年輕的女性對著他微笑。

隊長打來第九通電話，巴接起。

✧

喜莉似乎作了個夢。

她從夢中清醒時，飛機還有一段時間才會接近目的地。

旁邊的大男生睡得很熟，黝黑的臉就算在沉睡時還是散發沉靜平和的氣質，就與以前和父母去寺院時，感覺到的心靈沉澱氛圍很相似。

她低低地笑著，幫對方留下機上午餐，不打算打擾對方難得的好眠。

他們在絲路上相遇。

然後她低頭，在大男孩露出來的額頭上親了一下，對方渾然不覺。

飛機平安地在機場降落，對方醒來，打了哈欠，趁著停機前的短短時間嚼掉麵包，還開了礦泉水。

到了終點後，每個人各自踏上自己新的旅程。

她推著行李，快步撲向自己父母身上，然後拿出在那邊買的鈴鐺，叮噹的聲音被淹沒在機場的吵鬧聲中。

她說著自己這段旅程上所看見的新鮮事物，還有旅途中偶然發生的奇妙事情。

父母聽得津津有味。

「剛下飛機，應該餓了吧。」

他們先把行李放回家，一起搭了車，進了一家看起來很不錯的輕食館。

喜莉嗅著久違的食物氣味，很愉快。

門打開時，她看見坐在玻璃窗邊的大男孩，下意識朝著對方微笑。

接著，對方接起了手機。

他們又各自開始了自己的人生。

黃沙、駱駝，鈴鐺，還有音樂聲。

〈死前幻象〉完

# 小偷、黃金湯

# 01

地下世界中，有一種叫作情報販子的特別存在。

他們能夠在極短的時間內，找出買主最需要的情報。

永遠都猜不透他們是如何弄到那些消息，想破頭也沒有任何頭緒，就算想偷偷學習，但那些管道就像神所賜予，既無形又強大，不知該如何取得。

高級情報販子，連雇主都不知道他們的樣子，就和漫畫裡的忍者很像，來無影去無蹤，情報又精準到讓人心驚，想滅口也不知該往哪下手。

有錢，他們就會出手；有事，肯定連影子都沒有。

瓦丁當然不是這麼厲害的貨色。

他只是個小偷。

摩托車主人離開後，他可以一秒撬開坐墊，一秒拿出裡面的包包，接著走人。

眞要說的話，跟同業比起來，他算是比較厲害的小偷，得手過上千萬；從路上行人的皮包到大明星、政治家家中的金銀珠寶……大筆錢財都曾進入他的口袋，直到現在都還沒有進過警察局，眞的讓他很自豪。

有時候小偷不全然是因爲錢而當小偷，只是純粹喜歡走鋼索般的冒險犯罪氣氛，或是手賤改不過來，還有的是看著漂亮的東西覺得應該放在自己手上才對。

當然也有其他千百種理由，像是家道中落、孩子沒有奶粉了、老父老母急病沒有錢……各式各樣讓人大起同情心的悲慘原因。

他不會去說他是哪一種，反正他就是個小偷，不須要找藉口。

他天生就應該要偷東西，因爲他能偷，而且別人抓不到，這是老天賜予他最特別的禮物。還有，養育他的老媽嗑藥嗑到死之前都還在稱讚他的手腳俐落，倍受小偷之神的眷顧，既然神有所關照，他們就不用以此爲恥。

坐在街頭，他看著對街那棟白色的大旅館，上面的玻璃窗很漂亮。瓦丁搞不清楚這家旅館到底是去哪裡找來那些玻璃，明明看起來應該是普通玻璃，卻給人高雅的感覺，在太陽底下經常折射出不一樣的美麗色澤，路過的人都會多看兩眼——即使玻璃本身並沒有什麼特別藝術的地方。

乾淨、然後玻璃窗很漂亮。

所以他不偷東西時，就會繞過來看一下白色旅館，這些玻璃讓人能感受到舒服的感覺，就像爬山有芬多精，盯著看它半晌，就能讓情緒緩緩沉澱，擺脫一身煩躁。

除了玻璃，這間旅館本身也有個有趣的傳聞。即使是他，同樣聽過同業間流傳的都市傳說，說這棟旅館裡臥虎藏龍，有各式各樣奇怪的人，不論有什麼願望，只要有管道、出得起價碼，都可以在這旅館裡請到人出手，而且成功率往往百分之百，順利得令人不敢置信。

但鬼才知道是真還是假，根本沒有人可以指出那些「臥虎藏龍」到底是在哪層哪房，那些傳說中的怪人又長怎樣，也沒有人出面承認自己曾經是委託者，得到誰的幫助，所有的都只是謠傳，一傳二、二傳三的誇張流言。

「大叔，你又來了喔？」一個揹著畫板的男孩子站在他面前，笑嘻嘻地問道。

瓦丁看過這個男孩子幾次，大概是附近的住戶，偶爾會出入旅館。

附近住戶出入旅館不是什麼稀奇的事情，這棟旅館本身有三間餐廳還有一間酒吧，其中兩間餐廳是對外開放營業的，附近居民還享有打折優惠，學生更有特別優待價；另外，地下室也有經營對外開放的游泳池，頗受歡迎。

據說餐廳的食物好吃得要死，所以就算其中一間餐廳價位偏高，還是常常有人捧錢訂位，更別提另一間平價的，幾乎天天爆滿；百元有找的自助式早餐深受附近居民喜愛，鄰里經常早上在餐廳裡碰面，建立了各種好交情。

瓦丁注意到這個男孩子是在不久前，他本來打算去試試可不可以偷到幾個旅館房客，尤其是傳說中的長期房客。結果很快就發現旅館的守衛比他想像的森嚴，不但保全巡邏密集，還有完善的監視系統，特殊樓層的出入卡片設計得奇特、很難複製，必須得花費很大精力才能潛入，最後便乾脆放棄。當時也是常常坐在這個位置計算著，幾天下來便引來這個男孩。

大概十七、八歲吧，應該是高中生。

嗯啊了聲，瓦丁今天懶懶的，沒興趣和小孩子套交情，敷衍地點點頭就算了。

「會下雨喔，今天。」男孩抬頭望望陰陰的天空，又露出習慣性的開朗笑容，就往旅館方向走。

旅館大門打開時，瓦丁看到一名穿西裝的男人，表情恐怖嚴肅，不苟言笑，坐在對街這邊都可以感覺到對方可怕的震懾力，讓人打從心底知道這人不好惹；閻王臉旁邊則站著個紅髮的美麗女性，男孩進去時還朝他們點頭打招呼，似乎是認識的。

男人也點了頭，不知道跟男孩講了句什麼，後者便獻寶似地打開自己的畫板，讓對方看見夾在裡面、栩栩如生的素描。

瓦丁的視力很好，就算坐在對街也可以看見那張眞實且立體得驚人的圖。

大概是美術班的學生吧。

收回視線，他看向街道另一端，盡頭處有家老舊的餐廳，已經矗立在那裡七十多年了。

那家餐廳有這附近最美味的湯頭，讓人一喝上癮，有人從小喝到大都難忘其美味，即使出國也經常返鄉，只爲了這碗湯；美食家屢屢上門，社群網站的介紹滿天飛，但沒有人可以確切完整地說出湯頭裡使用了哪些食材、配料。

有人曾想要模仿，卻總是調製不出相同美味，而且因爲複製失敗，被完美的湯一比，反效果地得到了更多罵名。

近期老店被無聊的媒體封了名號，叫作天下第一湯，最美味的黃金湯。

本來不算很大的店面如今更加爆滿，不管何時看過去，都是滿滿的人潮在排隊等待，每個人都帶著鈔票，等著要喝喝那碗黃金湯；遠道而來的客人們抱著期待，希望滿足了胃，還能回去讓親友羨慕。

瓦丁知道這家店被投訴過好幾次，人多地方小，還有一忙起來服務人員的臉色通常不太好看。

你捧錢來，我還不一定要賺咧，要來就來，不然就滾，並不是有錢就是大爺。

這樣的心態。

但更多的就是寧願去看店家的壞臉色，還是要去喝碗湯的人。

幾個美食節目來過，各製作單位也碰過幾次釘子，還有人心存報復做出負面評論，但所有媒體依然前仆後繼地報導，彷彿怕沒報到會被同業笑，就算老闆臉再臭還是貼上去訪談。

不過始終沒有人問出第一湯的祕密。

一滴水從空中落下來，打在瓦丁的襯衫上，暈染出深色的痕跡，接著陸續落下更多，很快就把襯衫打濕了一片。

瓦丁邊罵著邊跑去躲雨了。

# 02

他遇見那個女人，是在那場大雨三天之後的事情。

當時雨早就停了，他正坐在騎樓下，吃著攤販端過來的便宜炭烤，騎樓下沒什麼燈光，只有主攤位的便宜黃光燈，讓座位看起來有些昏暗，被吸引來的飛蟲圍繞在燈光邊上，偶爾被捲入火裡燒得劈啪響。

瓦丁一口咬住豆干，陌生的聲音從他腦後飄來，伴隨著炭烤燒肉的香氣。

「聽說你很會偷東西。」抹著火焰紅唇膏的美麗女人淡淡瞥了眼桌上的食物，紅唇勾起微笑，嫵媚漂亮的眼神與面容讓瓦丁足足愣了半分鐘，嘴裡那口豆干都差點掉出來，尤其是緊身的套裝和幾乎裹不住的雪白胸部，更讓他看得目不轉睛。女人似乎對這種近乎無禮的注視感到習慣了，面色不改地說：「十萬，買黃金湯的祕方。」

瓦丁吞了吞口水，十萬雖然不是大數目，但對一般人來說也不是什麼小數目。

可是，要買祕方還是太少了，更何況是「那個」黃金湯，光是一個禮拜的營業額都不只這些。瓦丁知道，身爲小偷的本能，他計算過黃金湯的一日來客數與營業額，那紙祕方遠遠超過十萬的價值。

「三十萬。」女人伸出了五隻美麗的手指頭，每片指甲都塗著一樣艷紅的色彩，在黃光燈下看起來極爲魔性，「事成之後，再給七十萬。」

價値百萬的祕方。

像是看穿他的貪婪，女人笑了，「美金。」

瓦丁呑了呑口水，在他嚥下豆干之前，頭已經向下點。

一碗湯，上千萬的價値。

人生還有什麼比這個好賺，這根本是幻想中才會有的事情，竟然眞實出現在他身上，而且事後還不用找管道銷贓，被黑市洗一手。

全拿的鉅款。

女人什麼時候走掉的，他沒注意到，只是手上有著沉甸甸的提袋，裡面裝滿的預付金，提醒瓦丁這不是一場夢。

在陰暗的街角裡，他的人生出現了這樣離奇的事情。

太好運，實在是太過好運。

那家店已經賺了那麼久的錢，也應該輪到他了吧，七十多年，看他們房車都不知道買多少，總該下台一鞠躬，把錢讓給別人。

還有，這張祕方既然如此有價値，想必之後還會有更多人有興趣吧……

涎著笑，瓦丁恍恍惚惚地離開攤販，正想先去哪裡狠狠灑錢消費一下時，猛地一頭撞上轉角走過來的人。

「唉呀！」被往後撞開的男孩踉蹌幾步，讓同行的人抓住才沒摔個狗吃屎。

瓦丁也往後跌了下，急忙站穩，一抬頭就看見那個揹畫板的男孩，身邊站著他沒見過的人，可能比男孩長幾歲，看著應該是大學生，不過和愛美的大學生不同，只簡單地剃了顆平頭，單耳還戴個怪異的耳環。

大學生散發奇怪的氣質，瓦丁看著便愣住了，那雙清澈的眼睛瞬間像是看透了他骯髒的內心和雙手，塵埃不沾的氣息讓人意識到自己的烏黑，他不由得攢住了懷裡的提袋，等到回過神，袋子已被他抓出大量的縐摺痕跡。

「是大叔啊。」男孩整整畫板，看到瓦丁就笑了開來，「嚇我一跳。」

瓦丁看著即使在黑暗裡好像還是很光亮的兩人，匆促地點點頭，留意到年紀比較大的青年手上抱著麵包紙袋，兩人應該是在附近逛街買東西，不知道爲何會走進這處黑暗的街角。

他連忙將提袋拽進腋下，繞過去就想走人。

他覺得多待一秒，就會感覺到自己是個全身抹滿泥濘的人。

不，不是這樣，他拿的是他該得的。

「不行喔。」男孩的聲音從身後傳來，「不夠格的話，不能賺那種錢。」

瓦丁反射性回頭，不確定男孩是不是在向他講話。

「走吧。」青年推了下同伴。

也不曉得是心虛還是怕對方看穿他手上有鉅款，瓦丁急忙轉開視線，快步離開了。

因為太緊張，他完全沒留意到身後兩人的對話。

✧

「巴，大叔要做壞事耶。」

男孩歪著頭，看著匆匆跑掉的背影。

「踢到鐵板就知道了。」巴嗅著剛出爐的香味，開始覺得肚子空得都要產生回音了，很想快點回旅館吃一頓好的宵夜。

蘋果派、瑪德蓮和三明治，配上一壺好紅茶應該很棒，低調悠閒的深夜時光是最好不過的了。

「可是奇莎媽媽的工作也是那個耶。」男孩抓抓臉，並肩往街角外走，推了下隨著動作往前滑的畫板。「前幾天我才看見，一樣都要去那家店。」

「……一碗裡面超多死亡幻象的湯，為什麼會一堆人搶著要。」看著盡頭那間依然在排隊的老店，巴也是很不解。

他之前被喜歡湊熱鬧的某房客抓去排一次，之後就把店家列入拒絕往來戶。

有沒有只想單純放鬆喝碗湯的時候，一次卻跳出十幾種死亡幻象的悲劇……就在那個地方。

後來離開店家，他就把拎他去的人打了一頓。

「我和西方也去過，很好喝喔。」男孩和友人並肩走著，想起不久前品嚐過的味道。該怎麼形容呢，只單單說那是碗湯好像太敷衍，湯頭既濃醇卻又不油膩，嚥下後有些許回甘，層次相當豐富，而且越喝越有各種不同的滋味，就是放涼了也有冷湯特殊的清爽潤口感。

一碗價值千萬的湯嗎？

巴笑了下，習慣性地摸摸耳朵，「希望他不要讓我看到幻象。」

有些事情，不是人人都能做的。

就像有些東西，也不是隨隨便便就能偷的。

如果太高估自己而越界觸碰太陽，不管是白色的翅膀或是黑色的翅膀，都會在灼熱的現實面前悲慘地燒燬吧。

「不過話說回來，雖然黃金湯很好喝，但我覺得酒保煮的更好喝。」看著白色旅館逐漸出現在眼前，男孩補上了句：「宵夜超棒的。」

「……他是開酒吧的吧。」真是不務正業的住戶。

「對了，黃金湯裡的死亡幻象是怎樣？」男孩突然想到剛剛的話題，一臉好奇地問道：「動物的有比較不一樣嗎？」

聽著，巴意味深長地笑了。

「我有說裡面只有普通動物嗎？」

死亡幻象，可不只小動物。

*03*

千萬的湯比他想像的還難到手。

瓦丁看著手上的徵人啟事，一筆一畫地填著履歷表。

先不說店家平日人多，廚房的人也不少，雖然薪水很優渥，不過基層員工的汰換率卻很高。他稍微調查了下，其實店家本身的制度很不錯，員工分四個時段輪班，所以每一班都不至於太累，並沒有過度勞累的怨言出現，人員替換很快的原因估計與他加入的理由很像——都想要學一手，卻不得其門而入。

謹慎的老闆爲了不讓祕方外流，調配時全都自己一個人來，連妻兒都不准瞄上一眼。

他花了幾天都找不到空隙下手，老闆在調配湯品時，屋外層層圍滿了等待接手的廚師群和高價請來的保全，連隻蟑螂都不給接近。

於是，瓦丁決定先從滲入下手。

也幸好黃金湯的員工流動率非常高，每個月都在徵工讀生或廚房助手，他才有機會。

之後幾天，瓦丁都在等待。

那一袋滿滿的鈔票就像魔盒般眩迷了他的思考力，他繼續等著。

果然，過了幾日店家打來電話，就像他想的一樣，錄取，讓他隔日開始上班。

他花了些錢，向許多小偷、販賣情報的商人打聽過老闆的作息和喜好，還有偏好重用怎樣的人、喜歡怎樣的員工，他刻意在履歷表上填了能吸引老闆注意的自我介紹，所以這個結果妥妥地在他的預料中。

黃金湯的老闆姓周，叫周一品，是第三代經營者。

第一代的老闆靠著這碗湯，賺進了整排的樓房、買下了整條街，之後傳承給第二代，有一天初代老闆說要退休環遊世界，再也沒出現過。

據說，最後應該是在國外病逝了，第二代老闆便花了筆錢託人好好安葬。

第二代老闆繼承了樓房，但因爲好賭，很快就把產業敗光了大半。不過靠著這碗湯，在短短時間便將負債償清，重新買下幾棟房和存了大筆鈔票，繼續過著好日子。

後來，老闆上了年紀，似乎萌生退意，據說帶著錢和妻兒在澳洲定居，過著愉快的生活，再也沒街坊見過他們。

現在輪到第三代老闆，經營了五年，店面依然沒有擴大，但近幾年經媒體渲染，來自各地的客人逐漸增多，想讓老闆開中央廚房的合作者也不少，拜託他做宅配包裝外送的人也有好幾打。但周一品維持著三代理念，不擴張、不外流、不合作，繼續每天親手熬煮黃金湯，只是因應人潮的洶湧，增多了湯鍋的數量。

瓦丁打聽到曾經有很多商業間諜想要搶到祕方，但都無功而返，黃金湯的店家一天比一天還要謹慎，周遭警戒一天比一天還要森嚴。

他想，那個要他來偷的女人應該也是其中之一吧。

✧

第二日，瓦丁來到了店家後門，負責的組長遞給他一套衣服和實習員工進出用的身分卡，讓他去廚房幫忙雜務。

雖說最有名的是黃金湯，但其他各種菜色、飯麵還是有的，大多用黃金湯作爲高湯底，製作手法繁複，同樣讓人搶著點到缺貨。

「我們採用自動洗碗機，你只要負責碗盤就行了。」一個看起來年紀不大的少女站在機器邊這樣告訴他。

瓦丁打量著對方，十五、六歲的模樣，個頭很嬌小，但是穿著正式廚師服。

下一秒，他的視線就被像山一樣高、亂七八糟的碗盤給拉走了。

「這麼多？」他指著幾百個滿是油污的碗盤，不可置信，「全都我一個弄？」

少女笑了笑，「餐廳店面不大，但也有二十餘桌，每桌可以坐五到六人，可容納一百多人，我們翻桌率是很高的。不過也不是讓你用手洗，不用太緊張，晚點還會有幾位阿姨來幫忙，如果你不會也可以問她們。」

爲了鉅款，瓦丁忍下來，開始排列那些髒膩的碗盤。

一整天下來，他覺得自己好像快要往生了。

黃金湯的客人比他想像的還要多。

看著沒減少過還一直增加的碗盤，他髒話都快飆出來了。

而且只要碗盤分開擺置回去的動作太慢，場內六、七個廚師就會異常不客氣地朝他亂吼亂罵，活像他是最底層的奴隸似的，連其餘負責碗盤的阿姨都帶著看笑話的心態，說著果然新手就是如此之類的話。

他在偷東西時的靈活手腳，在這裡則像是綁了千斤重般，四處打結。

只有一開始的那名少女沒有罵過他什麼。

他注意到少女的工作台和其他人是分開的，比較沒有那麼髒亂。她並不是負責熱食，手上沾染的不是油膩的氣味。

少女拿開邊上的冰桶，也注意到他的目光。

「這是什麼？」瓦丁湊過去，白色的長盤裡放的是一點熱氣都沒有的湯，淡金色的，不冒煙，有著漂亮的光芒。

「冷湯。」少女笑了下，將盤子放到出餐台，「還有點心，這是我負責的部分。」

「妳在這邊工作多久了啊？」瓦丁嗅著，少女身上帶著點甜甜的香味。

少女笑了笑，「剛滿一週。」

接著瓦丁從少女口中得知，她是餐飲科系出身，以前家裡也是餐飲店，做著不起眼的小吃，但附近一帶的人比較喜歡黃金湯，光顧的客人並不多，所以他們生意並不好，很快就歇業了。還有，少女的年紀並非他想像的那麼小，而是已經成年了。

「我父母都去上班了，我不想成爲他們的負擔，得自己賺點學費。」說著，女孩拋了下搖杯，俐落地將果汁倒入杯中，透明的玻璃杯呈現了下紅上橘的美麗色彩，她最後裝飾上手工冰淇淋球、將成品推出餐台。

瓦丁內心好像突然被觸動到什麼，這麼嬌小的女孩在廚房如此能幹，他之前在外面得意的卻是當小偷不會被抓，這讓他瞬間不想面對女孩自信又閃亮的目光。

所以他默默地回到了洗碗機前面，努力地把那些骯髒的碗盤塞進去。

餐廳就這樣一直到晚上十點才打烊。

瓦丁揉著僵硬發痛的肩膀，沒想到今天居然眞的可以熬過去，雖然這是自找的——爲了仔細觀察員工輪班狀況，他自告奮勇地說因爲是實習生，所以要盡快熟悉廚房工作，從第一班待到末班。

有趣的是，他不是第一個這麼說的人，前幾日新進的廚房助手也「自告奮勇」到今日，下班時還看見他在整理廚餘。

但是黃金湯的老闆始終沒有出現，估計調味完就走人了，連一面都沒見到。

他拉拉充滿油垢菜渣臭味的衣服，自己聞著都覺得有點噁心。

「新人，這個給你。」已經清潔好工作台、比他早換好衣服的女孩穿著一身乾淨的T恤衣褲，遞了個紙袋給他，「不要勉強自己，新人這麼做會吃不消的，正常地上下班就行了，過幾天就會習慣的。」

瓦丁呆呆地接下紙袋，看著女孩漂亮的笑容，就這樣目送對方離開。

打開袋子後，他看見裡面是雞肉凍與一個保溫罐。雞肉凍是使用剩下的碎雞肉搭配黃金湯做的，女孩今天的確有出過這道菜，而且點餐率還不低，還有老廚師稱讚女孩年紀小小就懂得不浪費食材，把不用的變化成有用的，很值得新進廚師學習。

他狼吞虎嚥地吃完，味道實在鮮美到讓他難以忘懷。

保溫罐中並不是店家招牌的黃金湯，而是很普通的清湯，似乎是女孩自製的。味道雖然沒有黃金湯那麼濃郁美妙，卻有股淡淡的溫暖在他身體內流動。

然後瓦丁把袋子和提袋放在一起。

他不會太勉強，拿到報酬後，說不定可以請女孩去更好的餐廳，到時候服務他們的是別人，女孩也可以不用帶著一身甜味在廚房中受人指使。

啊啊，畢竟他是小偷嘛。

總是會得到他想要的。

✧

半個月後，瓦丁終於和老闆攀談上了。

其實難度並沒有他原先估計的高，出乎意料之外，周一品是個親切的好老闆，一週大概會在餐廳裡巡視三到四天，平常都是早上爲黃金湯調好味後就在店內走動一會兒，確認沒有什麼問題就去處理其他事務，也就是瓦丁原本以爲的出門去找樂子。

實際上周一品似乎是在四處探訪更好的廚師、尋找更好的材料，所以到處周旋，並沒有瓦丁想像中的奢華玩樂……當然還是有，只是沒有那麼多。

店內每個禮拜一是新菜日。廚房會端上不同的新菜色讓老闆和主廚們品嚐，然後確認能不能用。許多新人都很期待這天，因爲不管是廚師或是洗盤子的，都能提出自己的創意作品，並沒有設限只能廚師製作，且能用的話就會當場給製作者發特別獎金，數字不小。

一直以爲這家店是靠著黃金湯稱霸一方的瓦丁修改了自己的想法，黃金湯是不可缺少的，但是不斷變換的新菜色似乎也是吸引客人的要素。

連續兩週，少女端上的冷盤和湯凍都受到老闆的青睞。

瓦丁可以感覺到廚房中不太友善的氣氛，但是少女像是遲鈍得一點都沒察覺，依然微笑著端出一盤又一盤美味的佳餚。

就在這樣的兩週後，他在休假日遇到周一品。

爲了變賣贓物，瓦丁偶爾會去固定的跳蚤市場繞繞，裡頭有幾攤私下是專門做銷贓的，這點滿多人都心照不宣。攤位上擺著小件的，台下則是幫忙轉出大件的，只要有門路，就能找到能夠打開那扇門的人。

當時他正蹲在老相識的攤位前，說些無關緊要的話，就看見周一品站在旁邊，臉上掛著濃厚的興趣盯著攤上的一尊彌勒石像。

「這是家傳古董，如果不是缺錢才不會捨得放在這邊。」

顧攤老頭說著讓瓦丁竊笑的屁話。

瓦丁十成十確定這是贓品，而且還是半年前他從南部某戶人家裡搞出來的，那時候他還一邊罵有錢人的眼光眞不一樣，一邊把這石像托給老頭銷贓。

周一品想了想，詢問了價錢後皺起眉，似乎是認爲老頭開的價位太高。

「老敖，給個折扣吧。」瓦丁暗暗向對方使個眼色。

接著老頭就開始天花亂墜四處吹了，大多是石像多珍貴多珍貴，但是今天老闆你有緣見到它，外加旁邊的老主顧都開口了，不然給你個好價碼。

周一品看見計算機上顯示的價錢後，咧嘴笑開來，直接現金付了，要老頭把東西送到他指定的地址去。

說實話，那尊彌勒石像雖然工藝不錯，但石材不好，老頭開價還是高了。蹲在一邊的瓦丁當然不會去說穿，也因此知道周一品並不是很會鑑賞這些東西，只是有錢、看上就買而已，很典型的有錢人任性。

交易結束後，周一品的注意回到瓦丁身上，他居然認得出來平常縮在廚房洗碗的員工。

「沒想到你也喜歡這種地方。」黃金湯的老闆笑著拍拍瓦丁的肩膀，「眼力不錯啊。」

他必須偷得老闆的信任。

接下來幾個月，瓦丁和周一品越走越近，他的工作也因此被調離清洗碗盤的範疇，變成待在後面辦公室吹冷氣，幫忙整理資料，還有替周一品在網路上物色一些手工藝品。

這段時間內，他更深入研究周一品，不斷地付錢買更多情報，連他兩個就讀高中的小孩，以及漂亮但難伺候的老婆都用上手段完美討好，不論是剛推出的一線流行飾品、女包女裝，或是絕版的遊戲動漫畫，他都能用自己的「管道」幫他們搞來，讓那些有錢的孩子抱著自己遍尋不著的禮物歡呼。

在周一品忘記與老婆的結婚紀念日、瓦丁又奉上「碰巧準備好要送女友」的翡翠項鍊給他應急後，周一品已經完全信賴他了。

「兄弟啊，怎麼就沒早點認識你咧。」

酒酣耳熱之際，周一品哈哈大笑地拍拍他的背。

那時候，他已經有好一陣子沒有看見女孩了，那道雞肉凍，現在要吃多少都可以吩咐廚房幫他準備好，直接端進辦公室，不用他再到油膩的廚房區；就是清湯也再沒喝過一口，廚房幫他帶過來的，永遠都是店內最暢銷、如同濃妝麗人般的黃金湯。

等到瓦丁某天想起了女孩的微笑而再度踏進廚房時，女孩的工作台已站了另一個他完全陌生的人。

那是新進的廚師，上任一個月。

聽說，女孩是被其他眼紅的廚師聯合趕走的，因爲她表現得太出色，而她那柔弱的肩膀無法承受廚房內殘酷的戰爭，只好乖乖離開。

社會就是如此現實，不是你有能力就能在位子上待得長久，而是看你的手段有沒有比別人厲害，否則在發光發熱之前，就先被那些人給搞掉了。瓦丁並不認爲這樣有什麼不好，他也是用手段爲自己騰出這個位子，讓他好接近周一品；至於原本這位子坐的是什麼人，他根本不關心。

只是不知爲什麼，瓦丁見不到女孩後，情緒突然失落到谷底，內心好像哪裡出了問題，回過神時，已經撬開保險櫃偷取員工資料，記住了女孩的電話與地址，發了簡訊約她出來。

女孩倒也很爽快，回了他同意的訊息。

瓦丁放下手機時，覺得自己的手有點抖，這讓他回想起第一次偷東西時的感覺，既興奮期待，又帶了點可能會被抓個正著的恐懼，但是他想要的東西就在眼前，只要握住就會成爲他的，種種複雜的情緒編織成無法戒斷的刺激。

第一次偷竊眞的帶給他很好的回憶，雖然這麼說正常人可能不會認同，但他覺得順利征服了某些東西，偷來的小文具像被割下的頭顱，如戰利品般掛在他的床邊。

沒錯，他可以、他能夠，而且他眞的辦得到。

但是等到約定好的那天，出現在瓦丁面前的卻是那名塗紅色口紅的女人。

「再給我一點時間，我快拿到了。」

暗巷中，瓦丁向對方報告著與周一品熟識的程度，保證很快就可以偷出祕方。爲了讓女人更加信任他，他便先將其餘菜色的菜單與做法，還有下個月將推出的新套餐菜單交予對方，也算是先有個交代。

「一個月內取得，多加一百萬。」

女人笑笑的，也沒有責怪，直接地開口，「委託人不耐煩了。」輕輕的幾個字，帶著看不見的脅迫。

不用生氣，交易雙方都知道，能付得起那麼大一筆錢的後台必定很硬，今天如果拿了預付金不好好辦事，下場可想而知。

「我盡量。」瓦丁看著那對快迸出的白皙胸部，突然想到少女不知道怎麼了，該不會已經在約定的地點等待了吧？

那女孩，今天不知道會穿怎樣的衣服？是不是像平常那樣規規矩矩，保守到看不出一點身材的樣子？

「你壓力很大嗎？」女人突然開口問道。

「……只不過是偷東西。」並沒有所謂壓力大不大，而且比起剛進去洗盤子，瓦丁現在工作輕鬆很多，薪水也比別人多一些，甚至可以說是爽著領薪，只要去找些東西來討好那些有錢人就可以了。

仔細想想，他好像也有一陣子沒出去偷東西了。

原本，他偷東西很大一部分就不是爲了錢，也不是因爲手癢天生犯賤。

那是爲什麼？

瓦丁自己也說不上來。

或許是天生如此，也或許是一種自豪，偷東西不被抓到，一種頂級自我榮耀。畢竟世界上人那麼多，幾億人口中，能像他這樣的人並不多，這是神賜給他的榮譽，很難有人可以得到。

「壓力大容易導致失敗。」女人這樣說著，突然鬆開了緊身衣，沒有內衣包覆的雪白胸部迫不及待地暴露在空氣中，粉色的乳暈就像果實般讓人垂涎欲滴，「需要嗎？」

他是個小偷，也是個男人。

女人被推在牆上時，發出了像小動物般的柔弱低喘聲，聲音甜膩到幾乎融化人的理智。

瓦丁嗅著高級香水的氣味，急切地啃咬著對方細緻的肌膚。

「你要快點拿到。」

女人笑了。

*04*

巴站在街道前，看著人潮依舊的黃金湯店家。

就像影片倒轉，每天在這條路上、這個門口前永遠都是排滿的人龍。不曉得這些人究竟要不要上班、上課，男女老幼都有，邊滑著手機，邊像蝸牛般扭動著身體緩步前進。

他沒打算進去，也沒想要喝什麼天下第一湯。

「在這邊嗎……」巴轉轉耳環，有點困擾地看著七十多年的老招牌。

發怔時，他感覺肩膀給人擦撞了下，反射性道歉，他也沒太在意撞到自己的人。但很顯然，對方並沒打算就這樣離開。

「小鬼，你把我大哥肩膀撞腫了！」

兩、三個小混混包圍住還在思考的青年。

沒等對方說完傳說中手斷要醫藥費的勒索話語，巴抓抓頭，三十秒後已把混混外加大哥共三隻給踩在腳底下，「人生不可淨想著走歪路。」真是的，要動手就覺得全身懶，但這種人不給他們一個教訓就會纏著不放，太浪費時間。

看來今天不是什麼好日子。

這樣吧，先回房間睡個一天，然後低調地吃飽飯，再想想要怎麼處理好了。

巴把掙扎想要爬起來的大哥踩回地上，很滿意自己的安排。

正想離開時，他注意到有人搖搖晃晃地走進對面店家，像是正在思考著什麼，腳步虛浮，並沒有很認真在走路。

只掃了一眼，他就認出那是上次抄近路在巷裡遇上的、男孩貌似認識的那個陌生人。

「看來還挺順利的。」他環著雙手，打量著男人從側邊的員工出入口進去，還跟幾人熟悉地打著招呼，「雖然有點多事，但這樣應該不會影響到妳的工作吧？奇莎媽媽？」

不知道什麼時候，他左後方巷內多了一個人的陰影。

「不會。」略低的沙啞女聲傳了過來。

「希望也不要影響到我的，怎麼就剛好都是在這邊呢。」巴想著他的委託單，還是覺得很麻煩，接著又一腳把地上的大哥踩回去，其他兩個小弟早在剛剛就被打昏了，沒想到大哥還挺耐打，看來怕傷人而放輕力道果然得不到預期的效果。

幸虧現代人冷漠，而且地上的混混看起來也不是什麼好人，雖然有引起一些路人注意，但也沒人報警或是來說什麼，只是遠遠地指指點點一下就離開了。

既然沒打算今天進去，巴也從大哥身上跳下來，打了個哈欠。

巷子裡的人已經消失了。

他走過去，看見一張配置圖被釘在牆上，是黃金湯內部的平面圖。

「謝啦。」巴拿走地圖後，手機傳來聲響，支付出去的情報金已經被人領取。

這樣工作起來就會順利多囉。

✧

瓦丁蹲在辦公桌旁。

他是個小偷。

「新人。」

愣住。

反應過來後，他錯愕地轉過頭，看見被他放鴿子的少女就站在辦公室門口，笑吟吟地敲了兩下門，清秀的面孔上並沒有任何不悅與責怪，反而有些鬆口氣，「看來沒事嘛，我還以爲出什麼意外呢，打你的手機也沒人接，眞讓人擔心。」

他連忙站起，有點笨拙地撞到桌角，但沒時間呼痛，就這樣風風火火地趕到少女前面，手足無措地揮了又揮，像小孩子般將手貼在口袋兩側，「抱、抱歉，我今天工作……」

「看得出來你很忙。」女孩示意地抬抬下巴。

瓦丁連忙一抹，才發現紅色唇膏的顏料沾在手指上。

女孩完全不介意地笑了笑，將手上的紙袋遞給他，「哪，只是要拿這個給你，記得你之前很喜歡的。本來就打算見面時告訴你……我要離開囉，應該不會再回來了，我們要搬去比較遠的地方，你以後要好好努力，要加油喔。」

「搬到哪邊去？」瓦丁有點著急了，紙袋在他手上被捏出大量的縐摺。

「唔……東部吧？那裡的海很美。」女孩似笑非笑地聳聳肩，然後眨著如水般透澈的漂亮眼睛，「倒是你，新人，不要太勉強自己。」

女孩的笑其實有著某種深意，但瓦丁沒看懂，他現在只震驚於女孩很快就要從他面前消失，那漂亮乾淨的笑再也看不見。「不能留一陣子嗎，我會有很多錢，有什麼難處我……我很想拿到酬勞之後，帶妳去看更多地方，給妳錢養家也沒關係，只要妳能這樣笑著，然後爲我煮一碗湯。」

他的母親從來沒這樣笑過，不帶任何威脅、怒罵，只是很純粹地對著他笑，他身邊的人也沒這樣笑過，每個人都有利害關係，所有人的笑都是暗藏著算計的笑。

單純爲他擔心的笑容，沒有見過；單純替他打氣的笑容，也沒有見過。

就是想偷，也沒有地方能夠下手。

他知道自己與女孩的年齡有點差距，但就是情不自禁地這樣想著，如同智障小屁孩。他願意將女孩養在花園裡呵護，讓她不用煩憂，只給他煮一碗美味的湯，一道鮮美的雞肉凍。

女孩歪著頭，突然笑出聲，接著說出了一句讓瓦丁覺得很熟悉的話：「不行喔，不到那種程度，是不能賺那樣子的錢。」

瓦丁突然覺得喉嚨哽住了，一個字也說不出來。

有那麼一瞬間，他以爲女孩清澈的眼睛完全看出他只是個小偷、他想做什麼，幾秒後，瓦丁才回過神來。

女孩已經不見了。

他追出門口，只看見女孩纖細的背影出現在對街人行道上，被那些等著喝湯的人龍給遮蔽淹沒。

瓦丁感覺有點失落，但又沒辦法追上對方，或許是他想太多，但他不曉得女孩到底知不知道他的身分，或是他在這裡的目的，他一下子好像整個人清醒了過來。女孩的眼睛像是鏡子般，倒映出他不堪的面容。

他不是認眞的洗碗盤員工，是等著時間到出手的小偷而已。

連出手從不失誤這點都如此不可告人。

笑得如此美麗的女孩即使站在他身邊，與他攜手走在街道上，像是一對正常的情侶、甚至夫妻，他們有辦法向周遭的人介紹他是個小偷嗎？

就算有著神的眷顧，這也是個說出來會被普通人當作笑話或被白眼的職業。

瓦丁打開紙袋，看見裡面放著一盒雞肉凍、一盒水果凍，還有一個保溫壺，雞肉凍的味道鮮美得就像第一次吃到時候那樣，壺內的清湯重新溫暖了他涼透的四肢。

或許他想太多了，女孩從來什麼也不知道。她如此地單純乾淨，讓人只想捧在手心好好疼愛。

於是他決定速戰速決。

接下來幾天，周一品調湯時，瓦丁不斷接近廚房附近。

從一開始在走廊遠方，直到只隔一扇窗。

他偷取保全的警戒力，用上幾個手段使看守人注意力渙散，其中一個方法就是透過管道買了些藥物，每天逐量地散布在空調管線內，讓那些人習慣後變得腦袋鈍鈍的，但又不覺得哪裡有問題，但也不至於當成是感冒而請假換人。

幾日後，看守人如他所願，以爲是天氣變化、自身疲勞而導致精神渙散。

接著瓦丁開始安排種種巧合，包括讓跳蚤市場的人無意間找到稀奇的物品……當然是他趁夜去弄來的，接著商人抱著珍品的消息登門拜訪等等。

設定好的時間就這樣到來。

一切都順利到不可思議。

瓦丁蹲在角落的窗戶外監視，從細縫中看見周一品拿出張白紙放在台邊，接著又取出一瓶罐子開始調味。

看守人打第一個哈欠時，老闆娘不小心出了意外，被一輛肇事逃逸的車撞斷腿，緊急送到醫院去治療。

接著，跳蚤市場的人來到，急匆匆地問老闆要不要立即決定買下他手上的物品，罕見珍稀，目前已經數人追問，眨眼就可能落在他人手中。

不給喘氣般，會計匆匆地跑到外面敲門說跳票了，不應該發生的事情，不曉得哪裡出錯，應該能兌給廠商的票竟然失常。

最後是學校打來電話，說他的小孩被人強押上車，還好教官發現、緊急搶救下來，但是流氓出手狠毒，打傷了教官，現在教官送了醫院，孩子在警察那邊安置，希望家屬能用最快的速度到警局協助釐清情況。

房間裡的周一品有點慌張，隨手放下東西後，衝了出來，跟著會計和祕書離開了，只留下幾個人嚴守。

瓦丁在這瞬間翻進了房間裡。

不管是那張寫有調味比例的紙或是罐子，全都被收進他的腰包裡。

三十秒後，瓦丁已經離廚房相當遠了。

他只覺得奇怪，專用廚房的空間比他想像中的還狹小、牆壁也比較厚……估計是怕人竊聽祕密吧，但是也間接讓他省掉很多麻煩。

偷走祕方後，他回到了辦公室，表現出完全沒事的模樣繼續辦公、整理文件。

半小時後，廚房那邊傳來吵雜聲。他把東西藏進早就做好的抽屜夾層裡，混在員工裡一起假裝跟去圍觀，看看發生什麼事情。

周一品非常生氣，那群保全排成一直線，一個個被他甩巴掌踢踹怒罵，完全沒有人敢上前去制止，也沒有人敢反抗。

幾個周一品貼身的親信連忙驅散越來越多的圍觀員工。

在瓦丁轉頭離開時，他聽見身後傳來不像是人發出的淒厲慘號聲。

他跟其他員工一樣不敢回頭。

稍晚，他將紙張與罐子交給女人，得到最後的尾款。

拿到錢後的第一件事情，瓦丁買了幾瓶要價上萬的高級紅酒，拔開木塞躺在家裡，讓自己直接沉淪到能讓自己無法思考的酒液中。

然後他就忘掉了慘叫聲。

## 05

白色旅館附近街巷中有著大名鼎鼎的黃金湯。

想要喝上一碗湯的人，每日都大排長龍，而網路時代的來臨，許多想要打卡或寫篇網路介紹來讓親友羨慕的人也日漸增多，黃金湯的名聲遠播過洋。

就在聲勢不斷上漲時，黃金湯的斜對角巷底一家新店面悄悄地開張了。

「超越黃金湯的名湯。」

附近居民和美食家都譁然，來踢館的也太不自量力了些。

但很快他們就發現踢館者真的有一手，香味濃郁的名湯吸引了客人們。嚐過後就像上癮般瘋了似地想要再喝，日日夜夜都想著湯的味道，更別說那張和黃金湯雷同的菜單。

與黃金湯不同的是，他們大量生產，店面更大，店內桌椅更多，設計過的用餐環境不知比老店強幾百倍，開店活動更是買一送一，超級划算，立即吸引了大量人潮。

幾天之後，黃金湯的顧客明顯減少，就連排隊的人潮都不復以往，人們都說還不如去名湯，比較便宜還不用排隊，很快就能一嚐美味；之前黃金湯的姿態太高傲了，大家就等著看好戲。

新鮮的名湯以霸王之姿搶奪著黃金湯的客群，在短時間內迅速崛起，造就另一種傳奇。

不久，名湯就和幾家大型連鎖店簽約，預計要推出能大量流通市場的眞空包、湯塊，甚至還簽了不少海外代理，快速展店。

那時候，瓦丁正坐在白色旅館的對街，看著不遠處的雙湯之戰。周一品持續發飆嚇到不少人，他也趁機和幾個員工一起遞辭呈，從混亂的漩渦中心逃走。

他甚至搬了家，稍微整了整臉，也換了穿著打扮，乍看之下不太會注意到他就是原來的瓦丁。

接著他看見雙湯爭奪的那條街走過來兩個人，依舊是揹著畫板的男孩還有那個奇怪的青年，他們手上提著一碗湯，外包裝有著名湯的標記。

兩人在不遠處的街邊椅子坐下來，面對著旅館有說有笑的，接著打開了湯，像是試喝般淺嚐一口。

「這個湯不行啦。」

男孩放下了塑膠湯匙，突然皺起眉，語氣有些抱怨。

瓦丁的心臟突然跳了兩下。

「肯定連西方都會說不行，西方不挑食的，但這個他絕對不吃。」男孩站起身，左右看了看，蹲到一旁把名湯倒進排水溝裡。

瓦丁注視著男孩的動作，心臟越跳越快。

他不是沒想過祕方的下落，應該說他早就猜到這是商業間諜的計畫。名湯開張後，他看見那個女人出現在眾多員工裡時，最多只有訝異他們竟然如此明目張膽，就在對面橫著幹。就像卑劣的惡性競爭，名湯是專程想來鬥倒黃金湯。

或許有什麼私人恩怨吧？

要不然一般偷取別人祕方的商人，會這麼刻意地就在對方眼皮子底下說我偷了你的東西，就在你家門口噁心死你嗎？

「在南美洲那一帶對吧。」始終坐在原地的青年轉轉耳環，吐出了奇怪的句子，「某種濕潤的幻象。」

「嗯啊。」男孩眨著乾淨的眼睛，歪著頭，「植物的也行？」

「稍微，不過像是微電流，只有隱約的感覺，不明顯也不常見到。」

「這樣喔，還眞有趣。」男孩勾起笑，眨著漂亮的眼睛。

瓦丁終於發現了，離開女孩的眼睛與男孩有些相似，都乾淨到有些過分，似乎能投射出別人最髒污的那部分，令人不敢久視。

「算了，回家吧，去跟小老闆要點心。」男孩孩子氣地抓著青年，又拖又拉的，說說笑笑地與對方走向白色的旅館。

然後他看著他們走進白色旅館裡。

這時候瓦丁終於發現到，男孩應該是住在旅館裡沒錯，但也住得太久了，正常的高中生有財力能夠在旅館中住上好幾個月嗎？

即使有，家人不管他嗎？或是學校也不管嗎？

接著他想起來，男孩從來沒穿過制服，只是揹著畫板到處走動。

「8.Floor」旅館的都市傳說，瞬間釘進他的大腦裡。

不知道是怎麼回事，等到瓦丁意識過來的時候，他已經追著兩人踏上旅館的地毯，直接闖到旅館大廳裡。

一陣香氣傳來。

「您好。」

穿著制服的帥氣服務人員立刻迎了上來，動作翩翩有禮，儀態端正優雅，令人彷彿瞬間置身於上流社會，「請問需要幫忙嗎？」

「那個……剛剛有個揹畫板的男生……」瓦丁雖然常常進出各種高級的房子，但那通常是夜深無人時刻，滿屋子的金銀財寶任他偷取，現在大剌剌地站在眾人視線中心讓他非常地尷尬，好像在大眾面前全裸一樣。

「請問您是訪客嗎？」邊上美麗的櫃台小姐微笑以對。

他環顧著大廳極寬敞的空間。

白色的布置，優美造型的水晶燈，和在旅館外看見的窗戶相同材質的玻璃塑像，與牆上裱裝著幾幅落地的四季名畫。

不得不說，這座大廳給人異空間的氣氛，就像誤入幻境一般，既虛幻又不真實。

「發生什麼事了？」

在整片優美的白色之中，櫃台後一扇浮雕玻璃門被打開，他之前遠遠見過一次、穿著黑西裝的男人走出來，就像宣告生命終結的死神一樣，嚴肅的面孔給人強烈的震懾感。

只須一眼就知道，這男人非常不好惹，而且恐怖，只要讓他不高興，很可能非死即傷。

於是瓦丁落荒而逃了。

✧

他開始思考自己人生應該要改變了。

放置在桌上的一大筆錢和存摺都宣告他必須盡快離開這個地方。

有認識的同業在銷贓時告訴他，黃金湯的周一品四處撒錢要找小偷，已經幾個同行失蹤了，現在大家都擔心被那個發狂的老闆找上門。一個賣湯的商人能做到什麼程度？看看他底下養的那些警察與黑道正在四處搜索就知道了。

瓦丁看著提袋發怔，他或許可以到東部去。

那裡有好山好水，還有他想要再見一面的人。或許在那裡會有一個新天地，他可以擺脫小偷的身分，改頭換面地在那裡經營一家小小的店面，擁有一名伴隨在身邊的溫柔女孩，就這樣靜靜地平凡到老。

他可以放棄他的事業和榮譽，女孩應該也會爲此感動吧？

所以接下來幾天，他將行李全打包好，錢也轉進不同的戶頭裡，打算徹底離開這邊。

叩叩叩。

有人敲了他的住處大門。

但是，沒有人知道他住在這裡，連應徵黃金湯的履歷都是假的，是買來的人頭資料；他所有身分都是假的，世界上沒有人知道他眞正的住處，更不會有人來找他。

叩叩叩。

大概是房東吧？

瓦丁打開門，黑色的槍管頂在他的臉上。

「進去。」持著黑槍的女人往前踏了一步，接著將手上的報紙摔在瓦丁身上。

決定好要離開的這幾天，瓦丁忙著整頓衣物行李並託人在東部置產，已有陣子沒注意新聞了。

他看見新聞頭版上寫著：**名湯上市狂撈千萬，驚傳驗出罕見上癮毒物**。

瓦丁突然覺得自己內臟都涼了。

「你居然敢捅我們。」女人開了一槍，打在旁邊的小沙發上，露出裡頭發黑的便宜海綿，艷紅美麗的臉扭曲成惡鬼。

「這跟我無關啊——」

「周一品的湯沒有毒！你是跟他套好來搞我們的！」女人又開了一槍，這次打在瓦丁腳邊。

匆促間，瓦丁瞄到報紙上寫著名湯是某企業公司出資，因爲驗出毒物，連帶所有簽約合作全部終止，中央廚房也全數暫停運作，違約金與罰金恐達上億。

他眼前浮現那些排隊客人瘋狂想喝湯的樣子。

在第三槍打來時，瓦丁只能連滾帶爬地衝出自己的房子，但他也逃不了多久，一逃出門，視線所及全是穿著黑色衣服的人。

他認出來了，是周一品的那些人。

✧

「眞是的，爲了一碗湯，就對我老婆、兒子下手。」

小小的廚房裡，周一品站在冒著熱煙的鍋爐前，鍋裡的湯正瘋狂地翻滾著，不斷發出滾沸的聲響，一邊被五花大綁的瓦丁和女人驚恐地看著熊熊烈焰，就怕火星跳到身上將他們燒得面目全非。

「千萬買祕方，你們公司也太小看我的湯了吧。」周一品笑著俯視兩人，像是平常笑著巡視員工工作一樣，面容充滿親和。「怎麼會認爲只值這些錢呢，好歹也是三代的招牌，富吃三代啊。」

瓦丁看見厚厚的牆壁被敲出一個大洞，正好一人大小，旁邊放著剛拌好的水泥桶，水泥味混合著室內悶熱的氣息。

被帶來這邊時，兩人都被狠打了一頓，對方沒有因爲是女人而手下留情，美麗的臉整個紫腫起來，裂開的傷口還在冒血，看起來很猙獰。

瓦丁自己也好不到哪裡去，估計手腳都骨折了，眼睛也痛到幾乎睜不開，只能勉強睜開一條縫看見燃燒的火焰，耳邊聽到周一品講話的聲音，還有那鍋湯沸騰的聲響。

周一品說著說著，到了自己覺得好笑之處，順勢往他臉上踹了一腳，純手工的訂製進口鞋鞋尖踢進傷口裡，他痛到幾乎昏厥。

恍惚間，他聽見女人被塞著的嘴巴發出唔唔的慘嗚聲，接著好像被拖走一樣，肢體摩擦地板發出鈍響，幾個人的聲音有點遙遠，接著是水泥的味道。

他終於知道，爲什麼這個房間的牆壁特別厚了。

「爲了錢來偷祕方，你膽子也不小啊。」

滾熱的湯一滴、兩滴地落在瓦丁身上，他整個人抽搐了起來，像是遭燙的蝦子想要蜷曲起身體保護自己，但是被人狠狠踩住，完全無法逃離。

「小偷。」

他是個小偷。

從來沒被抓過、以此自豪的小偷。

熱湯潑下來前，瓦丁最後想到的就是東部的海跟風。

那個女孩的雞肉凍，現在好想吃喔。

周一品看著地上顫抖的人體。

「拖出去。」

手下打開門時，赫然看見門口站著個陌生的青年，有著短短的頭髮，單邊掛著耳環。

「嗯……抱歉打擾了。」青年看著狹小空間裡的幾個人，說出很像不小心路過的台詞，即使這地方根本不會有人路過，「雖然有點唐突，不過既然你們已經把牆壁挖開了，可以順便讓我帶個東西走嗎。」

他本來很想低調的，但敲牆壁怎樣看都不低調，既然屋主自己挖開了，不如趁這個機會吧。

「我想要那邊、大概距離三十公分左右的屍體。」巴指著正要活封女人的牆壁左邊，說道，「拿到就離開。」

四周空氣瞬間不自然凝結。

站在後頭的周一品臉色完全沒變，露出處變不驚的笑容，「你是傳聞中那個能委託尋找屍體的小鬼？」

「是，所以請讓我完成任務吧。」巴環顧了室內一圈，稍微注意到躺在一地熱湯裡的人，但很快就轉開視線，因為與他的工作無關。

他不多做，只要完成自己的委託即可，插手管太多事是很可怕的，與他的米蟲人生理念不相符。

「你知道那裡面是誰嗎。」周一品玩味地看著不請自來的客人，覺得很有意思。他只聽過傳聞，但從來沒見過眞實，都市傳聞中的人究竟能神通廣大到什麼地步，他正在期待。

「知道啊。」

周一品看著青年，揮揮手，幾個手下先拖著瓦丁離開了，被半封在牆壁的女人發出嗚嗚求救聲，不過被漠視了。

門被關上。

寂靜到詭譎的空氣中只剩下女人掙扎求生的聲響。

「我須要帶走第一代老闆的屍體，謝謝。」巴很有禮貌地先向對方道謝，想著果然還是得自己動手敲牆壁。

意外地，周一品笑了，然後走過去，拿起旁邊的重槌就往牆面敲好幾下，旁側洞裡的女性想發出更大的尖叫聲，但一點也沒辦法，再怎樣她都只能發出被堵住嘴巴的嗚嗚悶聲。

幾分鐘後，塵封已久的牆面裂開來，一具枯骨赫然在其中。

這眞的省下很大的麻煩。

巴愉快地開始收屍，將骨頭全放到自己帶來的旅行背包裡，沒有遺漏。至於褪色幻象中，他被兒子殺了埋屍之類的事情，就不干自己的事了。

「應該沒有人要那女人的屍體吧。」周一品指著旁邊還在掙扎的女人。

「沒有。」巴拉上拉鍊，將背包揹到背後。「但基於人性，就問一句，眞的不能放過她嗎？」

「哼，這些不要臉的商業間諜，動不動就想進來偷祕方。」周一品拍拍女人腫起的臉頰，冷笑著，「幸好早就收到情報，知道你們這些傢伙派人來偷。」

所以，他故意漏下那張祕方、留下罐子。

裡面有一個香料來自於南美洲，特殊到不行的植物，讓人一吃上癮。

如他所料，這些小偷果然想盡辦法將那種東西弄了進來，還風風光光地在他對面開了家店。

但是很少人知道，那種植物也算是一種毒品，幾百年前巫醫用於村民身上，讓他們忘記痛苦、陷入幻境，得以藉此與先祖溝通；直到現代才被判定爲上癮藥物，多食甚至可能會造成病變與器官衰竭。

「祕方就在這裡。」周一品指指自己的腦袋。

於是，女人就從世界上蒸發了。

巴離開餐廳後，在另一家隱密的燒烤店將背包交給一名蒼老的女性。

只求找到屍體入土爲安，其他一切都不過問的老太太。

對方離開後，巴將黃金湯餐廳配置圖放入烤爐裡，一切燃爲灰燼。

鐵架上烤了一堆蔬菜，讓服務人員連忙跑來詢問是不是肉類哪邊不新鮮。

名湯的店倒了，百萬裝潢全都撤走。

黃金湯的時代重新到來。

06

「我還是不懂爲什麼大家都想喝那種一堆死亡幻象的湯。」

8.Floor三樓的附設小酒吧中，木製的吧台前或站或坐了幾個人。

「一堆屍體每天每天都站在那邊看。」巴搖晃著手中的酒杯，裡面的藍色液體也跟著轉動。唉，說著他又回想起第一次喝湯時的震驚，當時眞的太年輕了，還以爲那種地方應該可以放輕鬆享受，沒想到一放輕鬆就是看到殘存的可怕幻象，以及骨肉爲錢相殘的畫面。

更別提那些倒楣的商業間諜，他們估計沒想到不過就是一碗小小的湯，竟然會讓自己與湯的蒸氣般，從此消失在人間。

沉默的酒保俐落地調著指定酒類，最後彩虹般的顏色被放在吧台上。

「結果祕方到底是什麼啊？」男孩歪著頭，看向了站在一邊的女孩，「奇莎媽媽，妳不是受託要拿到房間裡的情報嗎？」

女孩笑了下，「只是鹽。」

「鹽？」坐在巴旁邊的紅髮女性挑起眉。

「周一品最後做的調味就是鹽，湯的煮法全都在廚房裡了，他做的就是視當天煮出來的湯濃度、味道，調和後加以放進三種鹽，每天煮出來的湯都有微妙的不同，所以並沒有固定的配量。」

周一品說的沒錯，祕方就在他腦袋裡。

那是根本沒有人可以取得的祕方。

眞正的煮湯祕方其實就在廚房裡，每位廚師每天都能看見，只是因爲太容易取得，所有人都認爲那只是半成品，必須要經過周一品才算眞正完成。

「原來如此。」男孩點點頭。

不過讓敵手拿毒品煮湯也太缺德，這樣去喝的客人不就深受其害了嘛。

男孩晃著腳，抱怨似地這樣說著。

女孩微笑，「說不定那就是周一品給跑掉的顧客一個小小報復呢？」

巴哆嗦了下，果然還是不要去喝有死亡幻象的東西比較好。

從頭到尾都沒有加入討論的酒保在吧台後兀自忙著，大約幾分鐘後，突然拿出托盤，把剛剛烹煮的東西分碗端上。

「這是新作品嗎？」男孩看著托盤上的金色濃湯，興致勃勃地幫大家張羅放好。

「喂……你是酒保吧。」巴無言地看著正在把湯杓擦得閃閃發光的沉默青年。

「說到湯，奇莎媽媽做的雞肉凍好好吃喔，也是酒保教的嗎？」男孩眨著眼睛，好奇地看著吧台裡經常爲他們做好吃食物的友人。

「這倒不是，是小老闆。」女孩這樣說道。

香濃的南瓜玉米湯冒著熱氣，這是連巴都會吃的東西。

「感謝招待。」

女孩遞回空碗，走進一邊儲酒的小庫房，「差不多該上班了。」

一分鐘後，從那邊出來的已經不是女孩了。

取而代之的，是個四十多歲、看起來平凡無奇，臉上還有好幾條皺紋的歐巴桑。參雜著白髮的半長髮在腦後挽起，身上穿著的則是旅館清潔工的衣物。

婦人的背甚至有點駝。

「奇莎媽媽掰掰。」

接著，婦人離開了酒吧，還不忘推走放在外面的清潔車。

「我也要回去睡覺了。」巴伸了伸懶腰，工作結束後最好的休閒就是洗澡睡覺，有多低調就多低調。

「我得去看看小老闆是不是又想逃避現實了。」紅髮女人放下空杯和鈔票，也站起身。

一下子，酒吧裡安靜了下來。

酒保繼續擦著杯子。

「那個大叔現在不知道怎樣了呢。」

男孩攪拌著黃金濃湯，問著自己也沒有答案的問題。

✧

瓦丁沒想到自己居然會有再醒來的時候。

第一眼看見的是雪白的天花板與牆壁，接著是接到自己身上的軟管與點滴。

護理師與醫生替他檢查後順便告訴他，他已經昏迷了一個多月的時間，全身嚴重燒燙傷，面積高達百分之八十，幾乎是一層皮都要給燙下來，隨時都有死亡的危險。

他的手指全沒了。

因爲燙傷潰爛嚴重，還有被不明物體重創過的痕跡，十根手指全都截掉，一指不剩，更別說他那張臉已沒多少完好的肉。

周一品應該沒這麼好心將他送到醫院，照理說，他應該會被埋在牆壁或是某處土地裡。

他不知道自己是如何得救的，也不曉得救他的人在盤算什麼。

等他可以行走時，他才發現這家醫院是在東部。

不知道是誰，輾轉將他轉院到這裡，避開所有可能被識破的管道，還支付了高額的住院費用，讓他在這一個多月來能安穩地休養，不受任何打擾。

接著醫生拿出受委託保管的東西——幾張提款卡和證件，被領出來的金額就跟他的住院金一樣。

嚴重燙傷讓他得穿著壓力衣生活，全身扭曲變形得像是誇張的怪人，還有漫長的復健之路正等著折磨他。

他最後得到的就是帳戶中的金額，沒有榮耀、沒有滿足，只有代價。

在醫院住了大半年，大大小小的手術，以及專人看護，花掉他大筆積蓄，各種後遺症日夜攀附在他身上，好不容易在磕磕絆絆中才終於能走得平穩。

出院後，在小鄉村買了間小房子，開間幾乎沒有人會去的老舊雜貨店。

房子內，沒有女主人，永遠不可能會有女主人。

誰會看上一隻躲在面罩後、面目全非的詭異東西？誰會願意在沒有手指的掌心放上一碗熱呼呼的湯？

他是個小偷，曾經是。

沒有手指的手述說著他曾自豪自己從未被警察抓過。

到現在，警察依舊不知道他是小偷。

但是抓小偷的並不是只有警察。

他坐在木製的板凳上，看著鄉村的孩子結伴奔跑。

他在這裡被小孩們稱作是妖怪伯伯。

他懷抱著無人知道的鉅款，看著日落太陽從他的小店中收走最後一點光。

架上的報紙報導著遙遠的市區中，黃金湯的熱銷。

他終於站起身，將報架推進小店。

蒼駝的腳步，最終和夕陽一樣消落。

〈小偷、黃金湯〉完

# 繼承者的故事

# 01

在我的故事開始前，我必須先提一下我原本的工作。

雖然不是什麼高大上的好工作，但也沒那麼糟，除了能餬口以外還能學到很多平常無法學到的東西，所以我非常認眞看待，也不斷地努力練習與充實自己，在顧客面前絕對要做到百分之百的專業。

我相信，不管是怎樣的工作，只要展現出專業與誠意，就能夠打動顧客。

門鈴響了幾聲後，門終於打開來。

「您好，我是……」

打開門的男人突然腿一軟，整個人跪下來，還朝我拜了好幾次，眼淚鼻涕像是練習好般整個噴湧而出，聲音瞬間哽咽，可憐到像條鼻涕蟲不斷顫抖，「對不起、對不起，賭債和利息我會趕快還的！拜託不要殺我老婆強姦我女兒……」

「先生，我是……」

「我、我現在就先給你打零工的錢，求你不要對我家人下手……」

「……既然這樣的話，就不要欠高利貸啊！」眞不是我要說，爲什麼總是有些人管不住自己的腦和手，好賭又愛欠，完全沒想過後果，等到被上門討債才要上演這齣。

還有，我不是討債的啊！

鼻涕蟲用力往地上連磕幾個響頭，聲音大到我覺得他都要腦震盪了，「拜託拜託，再給我點時間……」

然後我默默走掉。

我只是想認眞踏實地工作。

然後我到了第二家，同樣地，門在電鈴聲之後打開。

開門的是個中年婦女，根據我專業的眼光來看，應該是職業家管，她身上還穿著圍裙，估計正要準備午餐。

這次我都還沒開口，婦女馬上發出驚恐的叫聲：「對、對不起……難道是我先生在外面做了什麼……」

「不，您誤會了，我是……」

「求求您不要對我們的孩子下手，孩子是無辜的！」婦女趴跪在地上，整個人蜷得像蝦子一樣，不斷向我磕頭，「雖然不知道我先生是惹到什麼人，但是求求您大人有大量……」

「我只是想問問府上……」

婦女顯然完全聽不進我的開場白，拚命地又磕了好幾個響頭，慈母的身影如此嬌小……

么壽，人家說年紀大的人跪自己會短命，我現在被又跪又磕，不知道要死幾次了。

「當我沒來過吧……」

我開始不對下一家抱持期望。

第三家的門打開了。

沒有男男女女下跪的畫面，站在門口的是一個穿著花襯衫、身上充滿不祥臭味的混混。

「幹！哪條道上的！」混混看到我愣了很久，才說出這句話，接著慌張地抽出小刀。

「您好，我……」我只是想推薦自己的專業。

「怎麼了？」屋子裡又鑽出好幾個差不多感覺的混混，全部緊張地瞪著我看。

請不要突然拿出槍喔……

刀已經是我的底限了，沒道理我一個專業工作人員要站在門口被人用刀指著鼻尖。

「幹！一定是黑雄那邊的人找來了！幹幹幹！」

「靠夭啊！我們老大都已經被你們斷手斷腳了，竟然還找到這邊！」

「先乎伊死啦！」

我突然覺得有點難過。

我是個專業的人員，只想好好跟顧客解說產品、成功銷售，展現我的專業而已。

這樣很難嗎！

這樣有很難嗎！

十分鐘後，附近鄰居報警，警車終於慢吞吞地來了。

那時候我正好把最後一個小混混摔倒在地，他還努力地想把手上的水果刀插進我的肚子，不過我快一步搶下刀子往外面丟，免得我的西裝被戳破洞，這樣又得重買了。

我上一套西裝就是不小心這樣報銷的。

因爲是在外奔波的工作，爲了不被狗追、狗咬或是打開門遇到神經病，所以我早就練過幾種防身術、空手道等等，今天果然派上用場了。

「請求警力支援，這邊有黑道分子在滋事。」

接著，多了好幾台警車團團包圍了房子。

然後我們所有人都被上手銬……等等，我是良民啊！

靠靠靠靠靠——

## 02

「雲武，三十二歲，葵花熱水器銷售員。」

紅髮女子翻著手上的公文夾，旁邊站著一名中年員警，後者鞠躬哈腰的，完全不知道上頭打電話下來要他們禮遇這名女性的原因，也完全不曉得對方的來歷。

女子看起來大概是二十多歲的年紀，或許二十五、六？

白皙的皮膚和貓般的綠色眼睛，有著西方人的輪廓及一頭綁成馬尾、惹人注目的紅髮，剪裁合身的套裝襯托出對方玲瓏有緻的模特兒身材。

乍看之下，女子就像大公司的精明祕書，她本身散發出的氣息也是能幹、俐落與高高在上，銳利的眼神一掃，瞬間就讓人有種慚穢感，完全無法對視。

這也就是路過的員警都只敢偷瞄，而沒人敢上前攀談詢問的緣故。

放下手上的公文夾，女子皺起眉，「人呢？」

「在、在裡面……」中年員警抹了把汗。

「帶路。」

很快地，他們就來到暫時拘留人的小房間外。

女子透過小窗看進去，裡面坐著一名穿黑西裝的男人。

就和資料上寫的一樣，外表的確三十歲左右，大約一百八十多公分，有張嚴肅迫人的端正面孔，就算隔了一扇窗都能感覺到對方充滿壓迫的氣息，光是這樣坐著不說話，就讓人生出別招惹此人的生物本能，直覺想要避開這等煞星。

因為對方還穿著黑西裝，女子幾乎錯以為自己看見死神。

那是一種光站在這裡，就會讓人害怕、想退下的絕對氣勢。

天生的黑色帝王。

她吞了吞口水，舔舔唇，開始覺得事情有趣了起來。

紅髮女子揮退中年員警便進入拘留室，大剌剌地在對方面前坐下。

光是這樣坐在對面，壓迫感更強了。

「我是你父親的祕書，哈狄絲。」

男人抬起頭，看著全然陌生的女人，毫無表情的臉透出迫人感，「……我老爹已經死很久了。」

「雲武，父親雲森，九年前死於一場車禍，之後與母親一人同住，三年前母親病故身亡，兩人皆葬於生前指定的私人墓地。你無妻無子、沒有男女朋友，算得上知心的朋友也沒幾個，現在單身一人，於葵花企業中任職最低層推廣銷售人員，月薪兩萬三起跳，視銷售成績抽成。」哈狄絲微笑，已完全記住對方的資料，「雲森，高中時有個非常好的朋友叫阿宿。三十二年前，阿宿與妻子遭到不明原因追殺，妻子小梅在逃離時死於大火。阿宿爲了不再扯入任何人，決定自己離開，臨行前將剛出生的兒子託給好友，最後蒸發人間。」

人生最糟的是莫過於知道自己不是父母的親生小孩。

而且這個祕密還是被完全陌生的女人一口氣說出來，敘述的方式還很像在說某個故事的大綱，超級不眞實。

雲武看著紅髮的女人，沉默，腦袋想著的是他過去三十幾年和樂的一家人，那些記憶突然變得很像跑馬燈，超不祥呀。

「我是阿宿的祕書，哈狄絲。」女人重新介紹自己，「你的父親在一個月前死亡，我是依照遺言指示來接你的。」

她微笑，笑得燦爛。

◇

雲武開始覺得今天絕對是不正常的一天。

從被誤認成幫派老大一起被扣押回警局開始，到紅髮女人出現，都超級不對勁。那女人還莫名其妙爆出個天大的八卦——他其實不是阿爸、阿母親生的兒子。他活了三十幾年，今天才知道他另有親生父母，而且都已經死了。

這個根本是八點檔的劇本吧？

按著胃，雲武開始感到麻煩。

這個比按電鈴被跪還要讓人不知所措。

他天生有張嚴肅臉，而且因爲身材高大，光是站著不開口就給人可怕的感覺，第一眼看見他的人多半會將他當成黑道，或是討債的、或是什麼打手，更誇張的是有次代替同事去和客戶說明時，剛吃過藥的學生還以爲他是死神殺手，尖叫著撞破玻璃衝出陽台，幸好他動作夠快，才沒讓學生從大樓飛出去，成爲七樓亡魂。

像今天這樣被銬回警局也不是第一次了，經常將他當成黑道老大盤查的警察多得是，或是覺得他身上有槍、有毒品，所以先押回偵訊之類的，最後多半無罪釋放。

從學生時代開始，眾多此類的騷擾讓他交不太到朋友，大部分人都因爲他的臉不敢惹他，就連老師都對他睜隻眼閉隻眼，出社會後常常因爲這樣而影響工作，好不容易店家願意聘僱他了，卻又因爲警察黑道的誤會被解僱……看來今天又要因爲這樣丟掉飯碗。

雲武重重地按著胃部，感覺胃酸已經翻滾到喉嚨。

那個莫名其妙的女人去辦理手續，就把他自己隨便丟在一邊。

他拿出醫生開的胃藥，客客氣氣地和旁邊的菜鳥員警要杯水，沒想到對方連滾帶爬、戒慎恐懼地給他弄來高級瓶裝水。

看著上面印有國外進口的包裝，估計很貴，雲武想想還是接受了對方的好意。

可能因為臉上沒什麼表情，不管怎樣反應都會嚇到人，所以每次雲武都得將情緒壓回去、好言軟語的，也因此他擁有很脆弱的腸胃，壓力稍微一大，胃部就會開始翻騰，看腸胃科已經有很長一段時間，第一次看診時也是被嚇到以為要討債的腸胃科醫生，在幾年看診相處下來，成了罕見可以跟他說笑不害怕的正常人。

「你這個厚，是壓力過大造成的。」有點台灣國語的醫生每次都很認眞這樣告訴他，「要好好紓解壓力才行，不然胃痛會越來越嚴重。」

「……紓解？」

「像是去遊樂園玩一下也好。」醫生想了下，翻出了幾張病人送的招待券，「去尖叫一下也行，放鬆放鬆身心，也是治療的一部分。」

雲武看著手上的招待券，決定接受醫生的建議與好意。

結果第二天，他在遊樂園嚇壞了整隊去校外教學的小學生，從第一班嚇到第十班，從學生嚇到老師，在一片淒厲哭叫聲中，雲武感到自己的胃痛更上一層樓了。

醫生聽著他的慘劇，沉默了。

「沒關係，我可以忍。」雲武拍拍醫生的肩膀，堅強地安慰對方，「只要工作做好，也是可以解壓。」

只要顧客稱讚，他的壓力就會比較舒緩，收到客人的一句好話，胃痛就會降低很多。

「一定有其他紓壓方式的……」

醫生含著淚，用力握住他的手，「老弟，我們一定要找出人生那條路。」

「……」

於是，他的胃還是繼續治療中。

「小老闆。」

雲武對著外面發呆時，肩膀突然被人一拍，他回過頭，看見紅髮女人就站在後面，「可以走了。」

「……我不是小老闆。」他連那個阿宿是圓是扁都不知道。

「隨便，走囉。」哈狄絲笑了笑，指著外面已經抵達的接送跑車，「還得換搭私人飛機呢，不要浪費時間了。」

「我工作……」

「放心，我剛剛幫你辭掉了，所有手續都完全辦妥，不用擔心。」幹練美女露出來的笑容如此讓人難以反駁。

雲武覺得，胃更痛了。

「小老闆。」

「……我不是小老闆。」

「我已經觀察你一個月了，在開始的第一天早上就取得你的ＤＮＡ並送去鑑定，午餐時已確定你與老闆有親子關係，所以你可以不用客氣。」

ＤＮＡ鑑定有如此快速的嗎？

不、不對，似乎不是這個問題！

雲武看著前座椅背，開始思考過去一個月中他的人生有什麼不正常的地方，以及在哪邊被人取走ＤＮＡ還渾然不覺。

但是想半天，還是想不出個所以然。

他覺得胃部在熊熊燃燒。

「小老闆。」

「……」雲武沉默了。

他決定要無言地抗議。

但很顯然地，旁邊紅髮女子根本不管他有何反應，只逕自翻著手上的資料夾，接著把張卡片塞到他胸前的口袋裡，「這是客房鑰匙，十五天後如果你自認無法勝任就可以離開，你也不用繼承老闆的旅館或其他事業，我們會自己想辦法。」

「……繼承？」那個叫阿宿的傢伙還有間旅館？

他不是遭追殺在跑路然後消失人間嗎？

「是這樣的，老闆一家經營旅館已有幾代，雖然在世界大戰時遭到炸毀，不過之後重建了；老闆雖然遭追殺跑路，但也持續經營著，不過有改過身分就是。」哈狄絲蓋上資料夾，「每代老闆的對外身分雖然彼此毫無關係，甚至看起來旅館經歷過毫不相干人士的收購，不過實際上歷代全都是同一家族經營，每代老闆全都有父子關係。」

……這是什麼被詛咒的旅館繼承方式？

爲什麼繼承個旅館得要搞奇怪的名目去收購？

雲武盯著車門，思考著要不要跳車。

太離譜了、這眞的太離譜，什麼跟什麼的狀況！

「不用擔心，就如同我剛剛所說，在旅館裡十五日後如果你無法勝任，你就可以離開，我會幫你恢復原本的工作，甚至幫你拿個高階主管位子都不是問題，讓你下半生可以不愁吃喝過日子。」哈狄絲打開車門，跑車已在不知不覺中停止行進。

越過女性紅色的頭髮，雲武看見的是一架小飛機停在外面的驚悚畫面。

他摸著胃，痛到痲痺了。

✧

雲武被領到一棟白色旅館前。

因爲所住區域不同，也很少要出差到處亂跑，所以雲武從來沒聽過有這種旅館，也沒在旅遊網站上看過介紹，但第一眼就覺得白色旅館的氛圍很不同，鑲嵌在旅館上的玻璃與玻璃窗乍看下雖然沒什麼特別，但折射閃耀的光芒非常美麗細緻，給人高貴優雅的感覺。

旅館有個很怪的名字，叫作「8.Floor」。

但雲武站在大門外，很輕易就能算出旅館起碼有十四樓。

「看來已經歡迎你了呢。」哈狄絲看著紅色地毯，彎起溫柔的微笑，「我出門前，地毯是棕色的。」

「咦、啊？」很多旅館的地毯都用紅色不是？

雲武一頭霧水。

但這間旅館眞的很不錯，給人心情愉快的感覺，只是看起來可能不太便宜。

哈狄絲領在前面踏進旅館，一進去後立即有好幾名服務人員恭敬地問好，接著以奇異的目光看向身後的雲武。

幾乎沒有例外地，有九成九的服務人員全都會被陌生的黑西裝男給嚇到。

不過這家旅館的員工訓練看來相當出色，雲武注意到他們的驚嚇只有瞬間，下一秒馬上恢復正常，連眼神都很鎮定……說起來也算是理所當然啦，畢竟住旅館的人肯定也有不少黑道，搞不好以前還曾有火拚到衝進來的，估計已經習慣了。

哈狄絲進門後就叫雲武自己隨意，轉頭便和幾名在旁邊等待的主管級員工匆匆離開了。

……他是要隨意什麼。

雲武站在旅館大廳，整個人沉默了。

他就這樣莫名被帶來，然後被丟包在完全陌生的地方，四周是來往的旅人，都對他投以好奇的目光，只是懾於自己的魄力，不敢看得太過明目張膽。

摸摸胸前口袋，雲武拿出房卡，上面寫著1111，是十一樓的客房。既然女人叫他隨意，他也只好先進房休息，好搞清楚今天一整天到底是怎麼回事。

「十一樓的話，要在十樓換搭電梯喔。」

冷不防地，旁邊突然傳來聲音。

雲武被嚇了一跳，但天生的面癱讓他外表完全看不出波瀾。他就這樣默默地轉過頭，看見一個男孩子站在自己旁邊，感覺是高中生，身後還揹了塊畫板，笑笑地指著他手上的卡片，「十樓到十二樓是ＶＩＰ套房和總統套房，一定要在十樓的專用櫃台登記再換電梯上樓，或者搭另外那邊員工專用的直達電梯也行。」

男孩沒有被他嚇到，也沒有什麼跪下來的反應，只是帶著人見人愛的單純笑容告訴他，「晚上八點，頂樓的天空餐廳有歡迎會，一定要來喔。」

歡迎會是什麼東西？

雲武就這樣看著男孩走進大廳後的走廊，接著才清醒過來，連忙快步跟上。踏入走廊後人少了許多，應該說這條走廊根本沒有人，盡頭有道感應電動門，男孩拿出房卡刷了下，門就打開了，他也趕緊依樣畫葫蘆地開門，門後只有一個不大不小的空間，和兩部安靜的電梯——估計就是所謂的「員工電梯」，男孩正好走入其中一部，他沒想太多便踏了進去。

男孩見對方也跟進電梯，笑了笑，用自己的房卡感應電梯鎖後，幫他壓了十樓的按鍵。

他注意到男孩之前已按的樓層是六樓。

「這個給你。」男孩從畫板後抽出一份簡介。「等等你在十樓先報到，再回房間吧，姊姊們很嚴格的，一定要辦好手續才行。」

「……謝謝。」雲武接過後，才發現是櫃台那邊擺放的旅館簡介，剛剛都在恍神，忘記拿一份做參考。

翻了下簡介，內容沒有太特別之處，多是介紹附近的觀光景點，還有電視上看過的什麼排不到的湯，以及旅館內的ＳＰＡ設施與幾個餐廳等等。過一會兒之後，雲武突然發現電梯好像根本沒有在運作，「嗯？」

「在等人，請稍候一下。」男孩又微笑。

等人？

不是都按了樓層鍵了？

雲武腦袋裝滿問號，即使臉上一點表現也沒有。

五分鐘後，就在他覺得電梯應該故障了、想按緊急通話鍵時，電梯上方突然傳來幾個喀答聲，砰地一下有什麼重重掉在電梯正上方，天花板震了下，接著是原先沒看見的通風蓋連同照明燈被人推開。

雲武看見有血滴下來，接著是人體從上方掉下……跳下來，左半身都是血的人落在他們旁邊。

就算他臉上仍是沒表情，但內心已震驚到九重天去了。

「少爺？失手了嗎？」男孩看起來有點訝異，連忙去扶蹲著的人。

「沒……不小心被開一槍而已。」

完全受到驚嚇的雲武不知該做何反應。

落下來的是個金髮藍眼的外國人，雖說是外國人，但五官小巧細緻，像女孩般的娃娃巴掌臉，穿著一襲黑色大衣，身材很好，跟模特兒差不多的完美比例，看起來非常年輕，估計才二十出頭。

那雙藍色的眼睛瞟了雲武一眼，冷得像凍霜的冰塊。

「先去我們那邊吧。」男孩聲音很低，「幫你找認識的醫生？」

「不用。」金髮青年按著肩上傷口，站直身，又瞄了旁邊的陌生人一眼，「我的人等等會過來。」

不知道是不是錯覺，雲武注意到連男孩也多看了自己兩眼，但不知道爲什麼。

「嗯。」

接著，電梯在六樓打開。

雲武和一灘血被留在電梯裡，而電梯再度關上。

他傻眼了，根本不知道剛剛是什麼狀況。

這裡是旅館吧？

眞的是旅館吧？

噹的一聲，電梯門再度打開。

雲武和一名大約五十多歲的清潔女工擦身而過，發出嘰嘰嘰聲音的清潔推車直接輾過那灘血。

電梯再度關上。

剛剛是發生什麼事了？

他掩著面，開始覺得剛才的經歷說不定只是幻覺。

爲了不讓胃又痛起來，雲武決定還是轉換一下心情和想法……對了，當作是來高級旅館度假好了，反正也就住幾天，然後回家，一切就會回到平常生活了。

就趁這幾天好好地養胃吧。

人生都需要一段休假日。

在十樓大廳櫃台報到，通過第二扇門鎖之後，雲武依照服務員的指引找到了一旁的賓客電梯，搭到十一樓。

這家旅館最引以爲傲的似乎就是白色的牆面與材質很好的玻璃，不管是剛剛看到的六樓或是現在到達的十一樓，都有著白色的牆面與不同的浮雕玻璃壁圖。

走廊的燈光很明亮，看起來有調整過，清爽柔和不刺眼，是正好舒服的程度。

比起米黃色的昏黃燈光，一眼望去第一個感覺就是乾淨和爽快。

他鬆了口氣，找到了1111號房，打開門鎖之後，裡面擺設豪華得差點又讓雲武退出去。

該怎樣說呢，空間出乎意料地大，設備異常高檔，還是樓中樓格局，住一晚八成要上萬那種感覺。

三十幾年來，雲武住過最好的就是普通商務套房。

這到底是……

「小老闆。」

不知道在門口站多久，雲武才被後面傳來的聲音嚇到。

他毫無表情地一轉頭，就看見那個叫作哈狄絲的紅髮女人與一名灰西裝打扮、大概四、五十歲左右的中年人站在走廊上。

中年人看來很嚴肅，稍微有些白髮的頭髮整整齊齊地梳在腦後，一絲不苟，但也讓他看起來帥氣可靠。

「這位是老闆的委任律師，可以裡面說話嗎。」哈狄絲夾著幾個公文袋，問道。「不妨礙你太多休息時間。」

「……請。」

從來到這邊雲武就注意到了，不管是這個女人，或者是那個揹畫板的男孩子、滿身是血叫作少爺的金髮青年，以及現在這個灰西裝律師，每個人都沒對他表現出驚恐的表情，看著他就好像在看正常人。

這讓雲武默默有點高興，但也感到很複雜。

照理來說，初次見到他的不是會跪下就是會哭出來，被嚇更大的還有尖叫、轉身逃，或是乾脆翻白眼昏倒，所以如此平靜的反應讓他感到非常不解。

當然，他一點都不喜歡別人看到他的臉就跪下。

一想到之前好不容易有機會參加聯誼，結果聯誼的六個女生中有五個當場哭出來，一個立刻招供說她有在做援交、不要殺她的尷尬場面，他就默默嘆了口氣。

之後再也沒機會聯誼了。

高級的樓中樓套房飄著讓人放鬆的淡淡清香。

雲武不知那是什麼味道，可能是某種木頭香，總之他很喜歡。

哈狄絲朝雙方點了頭，三人分別在套房中的沙發一角坐下。

律師直接拿出幾份看起來很像契約書的東西放在桌上，不苟言笑地看著旁邊仍然沒表情的雲武，「首先，我受老闆所託，必須完全確認旅館及各產業交至眞正的繼承者手上。」

「……」今天下午才知道他過去的父母不是親生父母的雲武沉默著。

「你有十五日的時間可以考慮，在旅館完整待過十五天後，如果你認爲自己有足夠信心可以接下，也有足夠的能耐應付接下來的事物，身爲律師的我才能將所有產業交給你。」灰西裝律師從公事包中拿出一個保溫瓶，說了聲失禮，打開後喝了兩口，繼續說道：「當然，到時我才會將所有產業價值與細節告訴你，以及輔佐你未來的相關業務。」

正常人如果看到這麼大一棟旅館，應該馬上連連點頭答應了吧。

但是雲武依然沉默。

他到現在腦袋裡還一片混亂，搞不懂爲什麼傳說中親戚死掉、有一大筆遺產掉下來的這種好康會出現在自己身上。

當然，他也沒忘記電梯裡的事情。

「提問。」先前工作訓練使然，雲武很客氣地抬起右手，「有個好像叫少爺的年輕人，剛剛在電梯裡半身是血……那是怎麼回事？」

難道其實這是傳說中睡一晚之後腎臟會不見的黑之旅館嗎？

「他見過少爺了？」律師疑惑地看向哈狄絲。

「不，應該只有小……啊，那小子一定帶他去搭裡面的電梯。」哈狄絲手中的鋼筆瞬間變成兩截。

有陷阱！

一定有什麼陷阱！

雲武開始懷疑，該不會十五天後他就突然發現自己身上多了幾百億的負債吧？

接著哈狄絲露出專業微笑，轉向他，「應該只是房客喝醉酒打架之類，請不用介意。」

屁！他明明聽到青年是中槍！

臉上表情依舊沒有改變，雲武默默地按著胃部。

吸氣、吐氣——

「旅館裡的事情按照老闆的遺言指示，我們什麼都不會告訴你，十五日後，若你無法發現與被認同，就算你有繼承的意思，我們也會將你驅逐。」律師客氣地說著。

被認同是什麼！

有什麼東西要被認同！

雲武覺得胃越來越痛了。

這家旅館絕對有鬼。

「那麼，就算當成度假也行，有任何事情你可以與我們聯絡。」哈狄絲從公文袋裡取出一支價格昂貴的黑金色全球限量手機，放在桌上往前推，「這是小老闆你專用的手機，裡面已經輸入我與律師的號碼，如果有需要，我們會儘可能滿足你的要求。」

「暫時這樣，我們先告辭了。」

律師收起桌上的契約，和哈狄絲一起站起身，「這幾日請特別小心各種安全。」

什麼各種安全！

本來有點鬆口氣的雲武神經又緊繃起來。

「對了。」送兩人出去之前，雲武除了胃痛之外，想起另一件事，「就算是房客打架，剛剛那位少爺傷勢不輕，可以幫他找個醫生嗎？他人現在似乎在六樓。」

「我明白了。」哈狄絲微微一笑，「我會盡快處理。」

然後，房中再度恢復安靜。

雲武看著寬敞的華麗房間，默默拿出胃藥。

說不定現在需要的其實是安眠藥。

睡醒就發現是在作夢了啊哈哈……

# 03

也不知道是什麼時候迷迷糊糊入睡的。

總之，雲武是在柔軟的大床鋪上，被一連串急促的門鈴聲吵醒。

有那麼一瞬間他還以爲是在自家，邊抓著頭邊說「好啦等等」邊起床，然後在差點一腳踏空時，才驚覺自己現在是在白色大旅館裡，這個幻覺並沒有因爲他睡醒而消失。

看著樓中樓的螺旋樓梯，雲武冒出冷汗，完全清醒過來。

覆著窗簾的落地窗外傳來叩叩喀喀的碰撞聲音，不曉得是下雨還怎樣，聽起來很奇怪。

雲武套好襯衫，在依然持續不斷的催魂門鈴聲中打開房門。

門外站著幾個陌生人，皆穿著黑色名牌西裝，給人一種怪異感。瞬間他居然想到了《駭客任務》，還有什麼複製人之類的電影畫面。

「小老闆？」

「我不是小老……」

正想反駁時，雲武看見了黑色、小小的洞出現在自己眼前。

本能地他往側邊一閃，半秒後射出的子彈直接擦過他臉頰帶出血痕，最終打在房內的花瓶上。

高級花瓶應聲碎裂，插在瓶裡的花與水潑灑了一地。

雲武根本來不及理解現在是什麼情況，黑色的洞轉了向，又出現在他面前，他全身雞皮疙瘩瞬間全都炸起。

這幾日請特別小心各種安全。

律師的話突然從他腦袋冒出來。

雲武猛然驚覺，這果然是家黑旅館，現在一定是要掛掉他然後詐領什麼高額保險金！太缺德了！

「嘖嘖，保全也該換了吧。」

子彈沒有如雲武所料打在自己身上，輕鬆的說話聲從門外另一邊傳來，接著舉槍的黑西裝陌生人一震，腦袋不自然地往旁一偏，某種拉力將他摔倒在地上，血液就從他太陽穴新開的洞口中流出，染紅了乾淨的地毯。

從雲武的角度正好看見門外走廊的一端出現了個男人，四十多歲的樣子，花襯衫、鬈毛小馬尾，手上拿著把槍，第二槍打在另一個西裝男身上，不偏不倚又是正中太陽穴。

剩下的幾個人立即闖進房裡，想爭取時間與空間。

「太沒格調了，第一日就擅闖。」

雲武錯愕地回頭，發現自己房裡不知什麼時候出現其他人，還是不久之前在電梯裡見過的那名金髮青年。他右手也舉著把銀色的槍，已經打理乾淨的身體散發十分優雅的氣息，活像這裡不是讓人想吐的殺戮現場，而是高級社交場所上的舞台，「那麼，確認了小老闆沒有自保能力。」

他看見冰冷的藍色眼睛掃了他一眼，帶著沒有溫度的冷笑。

眨眼過後，那些西裝男全部倒地身亡，連一個活口也沒留下。

花襯衫的中年人吹了聲口哨，「少爺，讚啊。」

「哼。」

青年彎下身，從地上提起長箱子……雲武現在才發現對方還帶了只箱子來，這麼顯目的人與提箱，自己竟然完全沒看見他是怎麼進來的。

「不過膽識與氣魄不錯，看到這種場面還臉色不改，有前途。」花襯衫中年人把槍隨便地插進褲袋，還走過來拍拍雲武的肩膀，態度非常輕浮，好像剛才那些人不是他殺的一樣。

雲武很想問他們到底是誰，旅館究竟是怎麼回事，但他胃整個痛到快要吐出來，只好按著腹部，沉默著。他這輩子沒見過幾次死人，除了父母以外，這麼新鮮的死人出現在他面前，而且上一秒還活跳跳的，這讓他非常不舒服。

「膽識不能保命，如果不是這個房間，他已在睡覺時死到不能再死了。」金髮青年打開箱子，組裝完之後，雲武才發現箱子裡裝的原來是遠程狙擊槍，他在外國網站上看過介紹。

花襯衫中年人搔搔有鬍碴的下巴，突然換了語言，「少爺，他畢竟不是老闆。」

「老闆警覺性可沒……」

「對不起，我聽得懂俄語。」雲武舉起手，打斷他們本來要說的壞話。

爲了完美完成自己的工作，只要一有空，雲武就會學習各種語言，也花了很多鈔票在補習班，就是要做好遇到外國客戶的準備。

俗話說得好，不怕一萬就怕萬一，人總是難以預料打開門之後會不會出現一個俄羅斯籍的潛在客戶，屆時說不出話就糟糕了。

金髮青年又看了他一眼，似乎有點意外。

「看來還是有點優點。」花襯衫中年人又換了個語言。

「……對不起，新疆話我也聽得懂。」他也有做好會接觸到少數民族的準備。

花襯衫中年人嘿嘿嘿地笑了。

金髮青年沒再講什麼，猛地掀開窗簾，雲武這才發現剛剛一直聽見的叩叩叩聲音是因爲有東西不斷打在落地窗上。

掉在陽台外的是一大堆彈殼。

他再度爆出冷汗。

「你運氣不錯，少爺平常不在旅館裡。」花襯衫中年人拍拍雲武的肩膀，不正不經地笑，「在保護方面，雖然沒有護衛厲害，但在你被幹掉之前，他絕對可以先幹掉對方，這樣你就安全了。」

護、護衛？

雲武覺得自己帶來的胃藥可能不夠，明天要記得在附近找個醫生多拿點比較好。

「請站到不會妨礙我的地方好嗎。」金髮青年冷冷的聲音從落地窗那邊傳來。

花襯衫中年人拽著還在發怔的雲武閃到距離最遠的牆壁和柱子後面，還奸險地探出半顆腦袋看人勞動。

青年呼了口氣，關掉房間的燈，架好狙擊槍後微蹲下身。

第一發子彈打在被不斷攻擊卻始終沒破的落地窗上，原本堅固異常的落地窗發出巨大聲響，整片碎到不能再碎，瞬間像是下雨般崩壞碎裂。

落地窗破碎的剎那，雲武看見金髮青年又扣了幾次扳機，穩穩的身體在黑暗中像是伏襲獵物的野獸一樣優美。

最後一粒碎片落地，外面的子彈雨消失了，沒有一顆再打過來。

「四個人，可以收屍了。」金髮青年站起身，皺著眉按了按左肩。

「啊，你傷口沒事吧？」雲武想起對方昨天的傷，連忙翻出那支限量手機，想要找哈狄絲幫忙。

「沒事，不須要找她。」金髮青年拆解了槍，放回箱子中。

「呃、好。」見對方好像真的不用幫忙，雲武只好收起手機，然後注意到走廊外的西裝男屍體竟然全都消失了，只剩下幾灘血。

這到底是怎麼回事？

「剛好八點了，我們就一起去頂樓吧。」口袋還插著把槍的花襯衫中年人突然說出一般在眼下情況不會說出的話，「有歡迎會喔！」

歡迎會……

雲武想起了那個男孩子的話，突然一陣暈眩。

有鬼！

真的有鬼！

◇

他幾乎是被押著上頂樓的。

莫名其妙經歷一場火拚，非常想夾著尾巴逃回家的雲武在花襯衫中年人和青年兩人的目光下，硬著頭皮穿上旅館準備好的西裝，按下電梯鍵往上。

短短時間中，他知道那個花襯衫中年人叫作探戈，金髮藍眼的少爺則依舊不知道名字，本人似乎也完全沒打算介紹自己，冷漠地在周身築起一道牆，彷彿只要有人與他搭話，他就會把那個人擼去撞牆。

「之前本來打算叫森巴啦，不過跟小鬼撞名了，乾脆就叫探戈。」歐吉桑有點猥褻地嘿嘿笑著，「這種名字美眉們很快就記得，又好稱呼對吧，讓美眉們叫探戈哥哥多順口啊。」

少爺站在電梯另一端，面朝電梯內光亮的鏡子整理儀容。

離開房間後，雲武才注意到少爺穿著正裝，與電梯裡見到的黑大衣不同，是改良式的白色西服，剪裁合身，看起來非常優雅帥氣，將他的高貴氣質完全襯托出來，加上他站姿挺拔，身形骨架端正，出去穩打死一排職業模特兒。

雲武有瞄到西裝牌子，是國際手工大牌，據說頂級客戶的服裝全都是專人按照顧客量身設計訂做，全世界不會有第二套。

相較之下，探戈的衣服就很路邊攤了，完全有市場一件九十九元的影子，兩人的落差簡直像天地一樣大。

這家旅館究竟是怎麼回事？

這些人到底又是……

在滿頭快要炸出來的問號不斷迴盪下，電梯到達頂樓。

稍早雲武看過樓層簡介，旅館的頂樓設計成空中花園，還有間天空餐廳提供各種付費輕食飲料，晚上則會經營酒吧，只對投宿的客人開放服務，所有花費都會記帳在房卡中，相當方便。

踏出電梯後，他看著空中花園。

完全延續著白色旅館的風格，以白色石磚和玻璃搭建的三層花園種植著淡色系的繁花盛景，綠色的草木、藤蔓精巧地點綴其中，整體看起來有著古老神話的氛圍，給人不眞實的夢幻感，似乎隨時會出現獨角獸漫步其中。

花園中心是座水池，上方技巧性地架著一座騰空玻璃涼亭，周圍則圍繞著天使雕像，雕刻手法細膩，讓那些塑像看起來栩栩如生，像是會就這麼展翅飛走。

因爲是晚上，空中花園開啓了特殊夜燈與水霧，幻境的氣氛更加濃厚，說不定一轉身就會與妖精擦身而過，產生看見他們嬉鬧地消失在角落中的錯覺。

女客人們應該都會很喜歡這裡吧，雲武這樣想著，如果旅館願意開放，這裡肯定是十足十熱門的婚紗拍攝景點，甚至還可以拿來當婚禮會場使用了。

不知道爲什麼，如此虛幻美麗的空中花園裡沒有看見其他客人。

水池中央的玻璃涼亭倒是坐著他下午才見過的男孩，畫板就放在旁邊的位置。

「欸呀，好準時喔。」

幾個人還沒發出聲音，男孩就先轉過頭，微笑地開口：「西方去拿食物了。」他指指電梯那端的方向。

雲武這時候才看到，原來他們剛剛出電梯的地方另一邊就是天空餐廳，很巧妙地融於花草樹木裡，沒刻意找還眞沒發現。

「就幾個人？」少爺看著花園，踏過水霧走進涼亭。

「唔……和尚說趕不回來，其他人就不知道了。」男孩歪著頭想了下，「不過這樣也沒關係，不是嗎。」

少爺撇了撇脣角，在一邊坐下。

雲武聽著他們的對話，按著胃，戰戰兢兢地也在玻璃空位坐下，接著發現這座涼亭連地板都是透明的強化玻璃，可以看見被特殊燈色染成淡藍的水不斷在下方流動，營造出就站在水上的感覺。

「哈狄絲也太離譜，第一天就有雜魚闖進來。」探戈挖著鼻孔，超沒禮貌地把鼻屎往旁邊一彈，掉進清澈水裡，接著把腳放到邊上的空位，不夠長的褲管下露出一堆腳毛。

坐在旁邊的少爺輕輕皺起眉，優雅地從衣服裡掏出銀色的槍指向歐吉桑，後者才縮著脖子把腳放到地上去。

「是離譜嗎……？」男孩微笑著，看了雲武一眼。

不知道爲什麼，雲武打了個冷顫。

「我不承認。」少爺收起了槍，冷冷地說了四個字。

「唉呀，才第一天囉，還有十四天的時間。」男孩繼續微笑。

「……你們是長期房客嗎？」

坐在一邊的雲武突然開口，所有人把視線全轉向他，讓他愣了幾秒，不過臉上什麼表情都沒跑出來。

只有在這時候，他才感謝他媽把他生成面癱，人家才不會看出來他現在驚恐得要死。

「喔？從哪邊覺得是？」探戈嘿嘿地笑。

「……直覺吧，感覺你們對旅館很熟，但也不是服務員。剛剛在抱怨哈狄絲和保全，既然哈狄絲是老闆的祕書，那麼你們應該就是客人。」

其實這也只是雲武自己的猜測，不過他眞的覺得這些人應該全部都是房客，只有房客才可以這麼大刺刺地到處亂逛，還不用服務他人。

少爺和男孩對看了一眼。

「是，就像小老闆你說的，我們全都是長期房客。」男孩笑吟吟地開口說道：「這間旅館裡還有好幾個長期房客，如果小老闆你有打算留下來，就必須和大家碰過面再決定喔。」

……還有好幾個？

也就是說像隔壁那位動不動就一身血冒出來、突然現身開槍殺人外加狙擊的少爺，還有好幾位？

雲武按著胃，其實他現在更想做的是直接握住正在顫抖的胃，不然胃抽搐到讓他快要噴淚了。

「拿去。」坐在一邊的少爺突然丟了一片鋁箔給他。

接住後，雲武才看見那是一排不明藥物，上面什麼字都沒有，封存著米色藥錠。

「新式止痛藥，市面沒有流通。」少爺冷冷地開口。

他竟然看出自己的胃抽搐到快扭成一圈了！

雲武不知道該不該感謝，但拿人家的東西還是得道謝比較好，所以他點點頭表示感激，吃過止痛藥立即就感覺到胃舒服不少。

不過這藥的藥效也發揮得太快了吧？

看著那排藥片，雲武有點疑惑。

喝水吃完藥不到三十秒，痛感就消失了，這究竟是……

「不會上癮。」少爺有些煩躁地補了四個字。

雲武沒想到青年再次看穿自己的想法，有些尷尬地將藥收進口袋。

「對了，這十五……十四天，小老闆你最好小心一點。」探戈繼續嘿嘿地笑，「旅館附近會有很多刺客，沒有準備就隨便出去，會被喀嚓掉喔。」

哪種喀嚓！

雲武想起了八點之前的恐怖遭遇，開始覺得腸子痛了。

他要去找那個該死的律師搞清楚所有狀況！

*04*

「這個世界有什麼事比活了三十幾年，莫名其妙被宣告說你不是父母親生小孩，莫名其妙被帶來這種地方，莫名其妙睡一覺醒來就槍林彈雨，還莫名其妙接下來十三天要活在刺殺中還誇張！」

重重地把杯子放在木製的吧台上，雲武悲憤了。

下午的時間，一對小情侶打開了三樓附設酒吧的門，正打算喝點小酒邊濃情蜜意一下，裡面坐著的黑道大哥把他們嚇得往後一退，雙腳顫抖著不知該不該進去，接著大哥摔杯子了，他們就落荒而逃。

站在吧台裡的酒保默默目送今天下午開店後，被嚇跑的第十組客人，繼續擦拭手上的玻璃杯。

兩天前抓著哈狄絲去找律師後，雲武深深覺得自己陷入一場大陰謀。

哈狄絲和律師還是什麼都沒說，但透露出有人打算幹掉新的旅館繼承人這件事，要他最好不要隨便出旅館以免喪命。

聽到這邊，雲武就炸了，掐著哈狄絲要她馬上把正常生活還給自己。

誰要繼承見鬼的旅館！

他才沒招惹什麼見鬼的敵人，也沒有因爲旅館得罪誰，更沒有什麼遺產利益糾紛，他姓雲，跟那個見鬼的前老闆阿宿完全沒關係啊啊啊啊——

然後哈狄絲和律師很冷靜地告訴他說來不及了，因爲踏進旅館的那瞬間，他就被各路人馬盯上。

不過只要待滿十五天，不管他留下或離開，那些刺客都不會再出現就是。

哈狄絲甚至面帶微笑地告訴他，留下，她就會以老闆安全規格對待，安排人去把居心叵測的刺客全清除；離開，他就會成各路人馬眼中的廢物，大家根本連殺都懶得殺，所以他不用太擔心。

雖然他不想被殺，但是聽到被說成廢物，雲武也打從腸子裡感到不爽。

所以他很窩囊地在房間裡龜縮兩天……那個被轟爛的房間不知道爲什麼，在參加完歡迎會後完全恢復原狀，連地毯上的血跡、陽台外的彈殼，包括碎玻璃全都消失了，連落地窗都裝回去，詭異到極點。

雲武抱著頭。

對了，他根本沒看過據說是他老子的那傢伙的屍體！

屍體呢！

其實根本沒有屍體吧！

這家旅館根本是要耍著他玩，最後逼得他起疳跳樓，經營不善快倒的旅館就可以得到幾千萬的理賠金吧！

細微的聲音出現在雲武前方，沉默的酒保調了杯藍綠色的飲品推給他。

雲武一口氣灌掉了帶些甜味的調酒，這才注意到胃又悶悶地在痛了。

兩天下來，他連吃飯與作息都亂掉了，一踏出房間就怕被殺，在房間裡也過得不安穩，有一餐沒一餐地吃，胃好像開始受不了，偶爾會有種刀割般的灼熱感，就連吃了少爺給的神祕止痛藥都沒辦法維持很久。

唉……

究竟爲什麼，本來好好的日子會被搞成這種人不人、鬼不鬼的生活？

就在雲武消沉之際，淡淡的溫暖香味飄向他。

抬起頭，他看見木台上多了個托盤，盤上有碗熱粥，高湯的香氣飄到他這邊來，後面是酒保沉默的臉。

就算對方沒講話，雲武還是感覺到對方傳來的關心，他含著一泡淚，狼吞虎嚥地扒著那碗溫度剛好適合入口的碎肉粥，期間酒保又幫他添了一碗、兩碗，直到胃不再過度疼痛。

在他吃飯時，他注意到酒保走到一邊去，拿了手機不知道在聯繫誰，按了幾下又回來沉默地擦杯子，一整排的杯子被他擦得活像空氣一樣透明，雲武想著這技能如果拿去擦玻璃門，不知道一天要被撞破幾次。

大約五分鐘後，酒吧的門又被人推開。

雲武做好客人再次尖叫逃逸的心理準備。

意外地，這次踏進來的青年沒有，僅是意外地看著唯一的客人幾秒，就逕自走到一邊坐下，「果汁就好了。」說著，還慵懶地打了哈欠，似乎是剛睡醒沒多久。

雲武打量著青年，很年輕，看起來像是大學生，但很少大學生會把頭髮剃得那麼短，簡直跟苦行僧沒兩樣了；另外，可能是從事什麼必須常常曬太陽的工作，膚色極深，臉上還有曬傷脫皮的痕跡，隨意套著寬大的襯衫，卻不會給人隨便的感覺。

對方單耳戴了個奇怪的耳環，看起來有些古老，全身上下散發出讓人安心的沉穩感，他一坐下後，整間酒吧的氣氛跟著沉澱了下來。

雲武瞬間好像有在廟裡參拜的錯覺，一恍神似乎還可以聽見敲鐘聲……鐘聲悠遠，輕煙靜燃，啊，該死，自己都出幻覺了！

在他打量青年時，對方單手支著下頷，也在打量他，兩邊不客氣地互看了一小段時間。

「……金盆洗手了？」青年似笑非笑地開口。

「……我不是黑道。」雲武吐出了不知道反駁過幾千萬次的話。

「開玩笑的，我叫作巴。」

感覺到對方釋出善意，雲武也急忙翻出名片——職業習慣，恭恭敬敬地遞給青年。

「雲武，叫阿武哥可以嗎。」巴仔細看了名片，微笑地收起，「你應該比我大了七、八歲左右。」

「可以。」

不知爲何，青年帶給他很舒服的感覺，這兩天一直生活在驚恐中的雲武漸漸安心下來。

「你不用急著往最不好的方向想。」巴看著他笑了笑，輕柔的語氣讓人舒服又放心，「雖然每個人都毫無關係，但眞的有危險時，還是會有人挺身而出，少爺和探戈不是已經救過你了嗎，雖然少爺不太高興就是。」

「你也是長期房客？」雲武訝異了，沒想到房客裡會有這種感覺的人。

他還以爲都會是像探戈或少爺那種怪怪的摩斯拉類型。

「嗯啊，前任老闆帶我來的，因爲住這邊很舒服，就一直在這裡了。」巴拿起酒保放著的現榨果汁，微微搖晃著，杯中的細碎果肉跟著液體晃了晃，「這裡的房客都是這樣想，就算你最後決定離開，也不會有人怪你。這段時間，看在與前老闆的情誼上，大家都會保護你的安全，不會眞的讓老闆唯一的兒子喪命，請放心。」

不會有人怪他到底是什麼意思？

雲武下意識按著腹部，有點訝異，跟青年講話時他的胃居然很平和，一點痛感也沒有，比少爺的藥還有效。

「這裡到底有多少長期房客？」

巴看著急欲知道答案的人，「這是你的問題，我無法告訴你。」

雲武也猜到不會這麼輕易就問出來，實際上，在歡迎會時他也這樣問過其他人，但所有人都迴避他的這個問題，少爺更直截了當地叫他滾開。所以不管是旅館本身、前老闆、他們的來歷和身分，他到現在仍一無所知。

這間旅館就像一坨巨大的謎團，而且還砸在他的臉上。

「請說。」

「好吧，那我可以再問一下其他問題嗎？」雲武抬起手，嘆了口氣。

「房客或旅館裡有醫生嗎？我是指像哈狄絲或少爺這樣的存在。」雲武想了想，說道：

「就是也很厲害的那種人……你應該明白吧？」

巴和酒保的動作同時停頓了下。

放下酒杯，巴面色不改，「爲什麼會想這樣問？」

「呃……其實我第一天來到這裡時，剛好遇到少爺受傷，所以才想問看看。」雲武抓抓臉，前幾天的震撼教育還血淋淋地刻印在自己的記憶裡，忘也忘不掉。當天晚上他就作了噩夢，夢到那些莫名其妙死掉的西裝人，還有半身血的青年，「如果有從事高危險性的工作，理當要備有醫生才對，不然很容易有意外。」這就跟他之前想從事保險推銷員的理由很類似，預防萬一。

酒保放了杯橘色的調酒在青年手前。

巴慢慢地拿起酒杯，啜了口，這才回答雲武的疑問——

「已經沒有了，這裡沒有醫生了。」

✧

大概是因爲那天和巴聊了一下，雲武開始覺得自己鎮定多了。

巴莫名給人一種信賴感，他講出來的話似乎能夠讓人深信不疑，所以雲武也就眞的大起膽子開始在旅館裡走動，偶爾也會出去附近晃個一圈，了解一下周圍有什麼。

很快地，雲武知道這附近有家超有名的黃金湯，好喝到不行，所以他也跟著去排隊外帶……不過好像嚇到了排隊人潮，在一堆尖叫和下跪求饒聲中，店家乾脆直接送他一大袋，請他不要再來了。

「不要再來」這句，是他回去打開袋子才看見裡面有寫著這些字的字條，店家沒膽當面告訴他。

於是雲武懷著感激地把湯分送給探戈、酒保、男孩和巴，但巴拒絕了，後來雲武與對方在餐廳偶遇吃了兩、三次飯才發現他好像吃素。

可是偶爾他又看巴提著一堆含肉類的泡麵回去，推翻了自己的猜測。

本來也想給少爺的，但不曉得少爺房號，只好請男孩轉交。

繞了圈回房後，雲武看見要給少爺的那些湯掛在他的房門口，整個被退回來。

扣掉這些插曲，黃金湯果然不愧是黃金湯，是雲武喝過最好喝的湯。不過那天酒保幫他煮的粥，他認為比黃金湯還美味就是。

然後，他知道附近還有家很好吃的麵包店，巴常常會去那邊買，雖然餐廳也有提供美味的麵包、點心，但對這些長期住客來說，可能已經吃到麻痺了，不如到外面換換口味。

第二次去旅館外繞繞時，雲武也買了點剛出爐的麵包回來，果然好吃。

他開始覺得，情況似乎眞的沒有原先以爲的那麼糟，哈狄絲也沒有限制他的行動或監視他什麼的，看來應該眞的不是要詐保險金。

「少爺！」

在旅館度過第五天，雲武打算出去買點日常衣物——哈狄絲把他強行拖來並沒給他準備換洗衣物和行李的時間，他除了幾套旅館為他準備的正裝，幾乎沒帶什麼休閒服。走著正好在街角看到金髮青年，站在他旁邊的女人嚇了一大跳，雙腳發抖，臉色慘白到幾乎快暈過去的模樣。

少爺轉過身，在女人看不見的角度，用那雙藍色眼睛惡狠狠地瞪了雲武一眼，才轉回去安撫被嚇壞的女性。

幾分鐘後，女人像是撿回一條命似地顫抖著逃離。

「請不要隨便叫我。」大街上，也不管對方聽不聽得懂，少爺不客氣地使用了法文，與他一身優雅氣質非常相配。

「抱歉。」雲武知道可能破壞了對方的好事，也很尷尬地用一樣的語言回答：「只是覺得有點巧……」

少爺呼了口氣，「算了，沒所謂巧不巧。剛剛那女人是經紀公司的人，某方面來說你也幫我打發了個麻煩。」他是在路邊被纏上的，正在推拒。

氣氛整個冷了下來。

雲武因爲很尷尬，不敢再開口，少爺也沒有交談意願。

從路人的眼光看來，這幅畫面異常像是黑道老大正要對有爲青年不利，但也沒人敢上前詢問，只有幾個人遠遠地偷打電話報警，希望在警方來之前，青年不要被老大打死。

因爲氣氛僵持太久，最後少爺有點浮躁地按了按額頭，先打破沉默：「請問你離開旅館有什麼事情要處理嗎？」

「啊！我是出來買衣服的。」雲武立刻想起自己本來要做的事情。

少爺伸出手，做了個請自便的動作。

幾天下來，雲武注意到少爺不是普通地討厭他，只好摸摸鼻子快點離開。

「哼！」

◇

幾分鐘前纏著少爺的女性倒在無人注意的巷子中。

「果然到處都有啊。」

探戈蹲在女人旁邊，捏碎對方身上搜出來的針孔，讓聯繫中斷。

靠在巷子牆面的少爺環著手，冷冷地看了眼想利用他混進旅館的刺客，「煩死人了。」

「呦呦，沒人付錢給你啊少爺，幾天下來你不是也開了不少槍嗎，子彈要錢啊。不過如果不是你在，那個天真的小老闆應該第一天去排黃金湯的時候腦子就穿洞了吧。」探戈舔著手上逐漸失溫的血液，撥弄了下已停止呼吸的女人，順便打通電話給處理屍體的清道夫。

少爺冷哼了聲，按了按左肩。

復元速度比他想像的慢，但已不影響動作。

「欸，我就奇怪怎麼會突然有人死掉，果然是你們啊。」剛好路過的巴抱著紙袋，轉進巷子裡，隨意看了眼血泊中的女性，「這幾天眞是熱鬧，動不動就有新的幻象出現。」

「這種工作應該叫護衛做才對。」探戈嘿嘿嘿地笑，「死亡率會比較低，少爺只會把人全部幹掉而已。」

「護衛去了地球的另一邊，沒辦法馬上回來吧。」想到比較溫和的另外一位友人，巴微笑，然後看著比較凶殘的友人，「說起來，少爺不是也被配給了一名護衛嗎？似乎都沒見過你帶來這邊。」

「別提了。」一想到更煩人的事情，少爺的心情就更糟。

巴也不太介意對方不客氣的態度，應該說從認識時開始，這名友人就是這樣的調調，並沒有什麼惡意，「那麼，十五天後他還會在嗎？」

「哼，估計落荒而逃。」少爺完全不看好那個陌生人，發出不屑的聲音。

「如果不行，大家也都必須掰掰了。」探戈還是嘿嘿地笑。

「若是這樣，一切也是註定啊。」

就如同他所說過的，即使最後眞的離開，也不會有人怪他。

到那時候，大家忙著重新找安身之處都來不及了呢。

## 05

深夜，旅館餐廳全都打烊後，雲武站在二樓附設的小餐廳廚房裡。

「果然，沒有自己做就覺得哪邊怪怪的。」

他打開冰箱，蹲在冰箱前開始搜刮出想要的食材。

「小老闆～～～」

「哇啊！」

雲武被陰森森的語氣狠狠嚇了一大跳，心臟狂跳不止地看向廚房門口。

懶洋洋的探戈叼了根菸站在那邊，「你這樣擅闖廚房會被廚師殺掉喔。」說著，他還抹了下脖子，「這種時間想吃東西可以去酒吧，餐廳廚師對有人偷東西很敏感的。」雖然他們這些住戶的房卡可以任意打開各種設施的門，但半夜來開廚房門的人還眞的不多。

雲武拍了拍胸口，站起身，「我想自己做點來吃就好，食材應該不會差太多啦。」

因爲長年胃痛，他幾乎都自己開伙，原本住的房子也有廚房，所以住在這邊幾天下來都吃外食反而覺得奇怪。

「男人的悲痛，泡麵加蛋。」探戈露出一切我都知道的笑，還比了記拇指。

「……並不是。」

搜刮出高湯凍和雞肉絲等食材後，雲武打開瓦斯和燈，手腳俐落地開始處理食材與香料，接著把高湯放進鍋裡加熱，也找到可以急速冷凍的機器。

「這是要做什麼啊？」

雲武往旁邊一看，差點又被嚇個半死。

不知道從哪冒出來的少女津津有味地看著他的動作，還抄筆記，大概是十五、六歲的年紀，大大的眼睛亮亮的，對鍋內的東西很有興趣的樣子。

「雞、雞肉凍。」雲武下意識吐出了菜名。

「可以告訴我詳細的材料和製作方法嗎？」少女露出笑容，「這樣好了，可不可以再教我幾道容易上手又好吃的菜？」

容、容易上手？

「冷料理類的可以嗎？」雲武想了想，把機台推回去，改找出很多冰塊。這種年紀的女孩子又要求容易上手，看來應該是不太會做料理，還是不要動油火比較安全。

「可以。」

「那我慢慢做給妳看……」

「請依照您平常的動作就可以了。」少女依然微笑著，「我可以全部記住。」

「啊哈哈，小老闆你不用擔心，奇莎看過一次就能完整記憶，不用太介意她。」探戈乾脆蹲在廚房門口，嘿嘿嘿地看戲。

有這樣學習的嗎？

雲武默默地按了下胃，於是照平常的速度開始做沙拉、雞肉凍和冷湯，後來又在少女的要求下多示範了幾種甜點和冷盤；因爲少女的眼神綻放出期待，他還炫技地來了一手拉糖。爲了可以與各種客戶談天說地，他學了不少好看又好玩的技巧，拜師的老師傅們看他學得這麼用心，還教他很多不外傳的技巧。

不知道對方到底有沒有眞的學起來，總之幾個小時下來，廚房的餐台已經擺滿了很多精緻可口的料理，原本蹲在門口的探戈早就偷了幾盤，自己吃得很爽。

「好吃好吃，小老闆，人不可貌相啊。」探戈嚼著蘆筍捲，口齒不清地說，期間還撥了電話出去。

「呃，喜歡就好。」不知不覺竟然做了這麼多，雲武看著十幾盤菜發怔了。

不過他的煩惱很快就沒了。

廚房的門被人敲了兩下，沉默的酒保出現在門邊，看著坐在地上的探戈。

「吃宵夜啊。」探戈很誇張地把人拉坐在地，大方地分了一盤出去，「你這麼關照小老闆，今天剛好吃看看這個。」

「這看起來好像很不錯耶。」發話的不是酒保，是晚幾步到的巴，「眞是有意思，很久沒有在廚房聚餐了。」

看到巴，雲武覺得胃又平和了下來，他趕緊把蔬菜類的東西端過去。

「普普通通。」

猛一轉頭，雲武就看見神出鬼沒的少爺坐在餐台邊，優雅地吃水果聖代，他完全沒看到對方是什麼時候進來的。

「其他人都不在？」巴看著打電話到處騷擾人的探戈。

「對啊，其他人都不在。」探戈嘿嘿嘿地笑。

雲武看著一室或坐或站、正在吃飯的人，突然覺得有點高興。可能是因爲巴的關係，連那個很討厭自己的少爺都罕見地沒講什麼，老實地用餐。

半夜兩點十分，他突然覺得這間旅館其實沒有他想像中地差。

✧

「這幾天覺得如何？」

第八天一大早，雲武在一樓餐廳提供的自助早餐吧台遇到哈狄絲。

把他隨便拋下之後，哈狄絲一直很忙碌，偶爾會見到她在大廳櫃台，或是想到時會來找一下自己，基本上雲武遇到傳說中應該不太常在旅館的少爺的機率反而高很多。

少爺經常會出現在公共圖書館內，或是在空中花園散步，因爲氣質太好，時不時會看見女客人帶著愛慕的眼神靠過去。

「……好像有點適應了。」劇烈胃痛也變少了，雲武不知道應該歸功於止痛藥還是巴的天然治癒。

「那就好，還有七日。」

哈狄絲把咖啡杯放在咖啡機下，濃濃的香氣從機器中冒了出來。

「那個啊……」雲武想了下，決定提問，「阿宿老闆是醫生對不對？」

「喔？誰告訴你的？」哈狄絲挑起眉。

「我之前問過其他人，得到的答案是這邊已經沒有醫生了，那就代表以前有。少爺剛受傷時一直斜眼看我，估計應該是把我和前老闆重疊，可是很遺憾的是，我連貼ＯＫ繃都會貼到捲起來，後來想想，阿宿老闆應該就是你們的醫生。」巴在喝那杯酒的時候表情有點遺憾，所以雲武就得到這個結論。

「觀察與推理能力不錯，少爺在這裡的時候，只讓老闆治療。」哈狄絲也沒有隱瞞的意思，拿起咖啡杯後，往窗邊座位走去。「其他人想碰他，簡直就是想要他的命，不管是誰，他都不會給好臉色。」

雲武跟著在對面坐下，本來在位子四周的其他桌客人瞬間連滾帶爬地換位子，周圍完全淨空下來。

「這邊的長期房客每個應該都有自己的工作，而且不定時。」不管是少爺還是探戈，甚至是巴，雲武都注意到他們會不時出門，有時會消失不見，幾天後又若無其事地回來。

「是的，旅館提供住宿。」

「……目前只知道這樣。」

接著，哈狄絲和雲武都沉默了下來。

讓人有點胃痛的早餐在哈狄絲先行離開後結束。

雲武坐在原位，看著已經冷卻的咖啡。

那個無緣的老子到底是什麼意思？

十五天後他離開，生活照常，說不定還有好處可拿。

十五天後他留下，生活八成會越來越驚悚，但似乎有一大筆財產和旅館。

怎樣想都不對。

別說旅館裡有好幾個奇怪的人，要殺他的又是怎樣？

難道繼承旅館還牽涉到各種自己想像不到的問題嗎？

「帥哥，這邊可以借坐……靠夭！」

莫名其妙的問句傳來，雲武抬起頭，果不其然看見來打擾的男人往後跳開好幾步，一臉驚嚇地好幾秒過後才回過神來，「大哥，歹勢打擾幾分鐘。」

對方是個中年男子，端著盤荷包蛋和吐司自動坐下來。

不知道爲什麼，雲武直覺對方不是長期房客，看起來應該只是一般客人。

「我是那個……巴的朋友啦。」中年人把草莓果醬塗到吐司上。

「喔。」雲武沉默地喝著咖啡。

「你應該知道巴住在幾號房吧？剛剛我看到你跟老闆的祕書在聊天，應該也是那個圈子的對吧。」

雲武把視線投放至來者身上，中年人的語氣聽起來充滿試探，讓他反射性戒備起來，「如果你是他朋友，自己去問他房號。」

不過那個圈子到底……？

他突然聯想到某個自己敬謝不敏的圈子。

「大哥，別開玩笑了，如果可以輕鬆知道何必問你。」中年人一下子變得愁眉苦臉，「明人不說暗話，大家都知道8 .Floor裡面住了很多怪咖，有管道、出得起價碼就可以買到對方出手，但是從來沒有人知道那些人住在幾號房、幾樓，要不是這樣，我也想多認識幾個啊……」

原來如此。

雲武瞬間知道自己這幾天下來頻頻感覺到的違和感究竟是怎麼回事了。

包括巴在內的幾個房客的工作果然就是這樣了吧！

外包接案！

估計與之前上班的地方一樣，會發案給外包美工或是網頁設計之類的那一種工作。

……那少爺到底都是接什麼外包。

雲武決定不要想太深入，那把狙擊槍好像說明了某種很可怕、讓人不想去了解的工作。

他壓著胃，又開始陣陣發痛。

中年人也注意到他的動作，連忙尷尬地咳了聲：「大哥，這裡人多，問兩句不用馬上發飆吧。」

「阿武哥不是我們的人。」

雲武抬頭，看見巴微笑地站在對方後頭，手上端著杯柳橙汁。他完全沒有察覺到對方什麼時候來的，一臉錯愕的中年人顯然也沒有，「組長，我不是說過『工作只用電話接』，如果你再這樣刺探旅館，以後可能會手機不通。」

中年人連忙道歉了幾聲，連雲武都可以看得出來這些道歉有點沒誠意。

「巴，我已經打了二十幾通電話了。」出示了員警證明給雲武看的中年人苦著張臉，「二十幾通，從昨天打到現在，只好自己掏腰包住進來先。」

「不要有依賴性，簡單的線索警方應該自己查得到。」巴在雲武旁邊的空位坐下，搖晃著手上的柳橙汁，「你的生意不划算，每筆訂單都低於正常價碼，工時長不說，還經常要我買一送三。」

「……警察的特支費不多。」組長咳了聲。

「所以不接你的電話是正常。」巴轉頭看向雲武，「這位是刑事小隊長，自稱國家米蟲組組長，叫他組長就可以了。」

「別這樣，之前你消失一個月，無名屍滿到快堆出來。」組長悲苦著一張臉。

「可見你們有多偷懶。」

柳橙汁空了，雲武把自己旁邊那杯沒喝過的推過去給對方。

「這次的真的很麻煩啊……」組長繼續悲苦，「一個女人穿睡衣跳樓，身上啥證件都沒有，也不是大樓住戶……」

「沒證件的話，一般不是應該先調閱監視器嗎？」聽著兩人的對話，雲武不知不覺插了嘴，「穿睡衣很顯眼，不是被換的就是在附近自己穿來的，不管是哪一種，稍微地毯式搜索一下就有了吧。」

組長結舌。

「你看，連阿武哥都知道這種基本搜找方式，可見你們有多偷懶。」

組長再度被打槍了。

✧

「歹勢啊，給你添麻煩了。」

巴離開之後，雲武送組長到大廳退房，然後兩人步出白色旅館。

其實也不是要攀談，雲武就莫名地擔起送人出去的責任，自己都不知道爲什麼，反倒是組長離開旅館後，就搭著他聊了起來，「那小子找屍體很有一套，所以局裡很多麻煩事都要拜託他，以前好幾件無名屍都是託他的福破案，還有一些放了十多年的舊案子也是讓他找到身分線索。」

找、找屍體嗎。

雲武抖了下，完全無法聯想。

「不過這陣子旅館出了事，那小子應該也很煩，以前多少還會一邊唸一邊接，現在幾乎十件才接兩、三件。」組長往後看了下白色旅館，陽光下的玻璃依然優雅地閃爍著光芒，不讓外界的紛擾遮掩而失色。

「出事？」

「喔，旅館的老闆好像上個月死了，我記得是車禍，別區處理的。」走出一段距離，組長在街邊的販賣機投了兩罐咖啡，一罐遞給旁邊的雲武，「雖然是很平常的車禍，不過那天很見鬼，附近的救護車都有任務，從別的地方調派過去花了三倍多的時間，路上還塞車，到場時人已經斷氣了。」

組長低聲告訴對方，實際上事發地點是在某處山區小路，在那邊發生車禍本來就怪，而且老闆還是被雙車夾死。

「夾死？」雲武皺起眉。

組長點點頭，把玩著手上期間限定的黑金色咖啡罐，「嗯啊，應該是他的車故障，停在路邊修理時，某輛疑似開太快的小客車失速打滑，撞到正在修車的老闆，老闆整個人被撞開，對向車道煞車不及的大貨車也打滑……後來場面變得詭異，老闆被夾在大貨車和小客車之間，血噴得到處都是，救護車好不容易趕到現場，人已經沒氣了，而且大半身體都壓爛，說有多慘就多慘。」

雲武不自覺地收緊手掌，咖啡罐發出細微的扭曲聲。

「後來那個紅髮美女祕書和律師來收了屍，不過沒看到什麼公祭還喪禮，就這樣沒下文了，現在旅館也不知道是不是換人經營。」組長拉開拉環，咖啡罐發出聲響，「事件沒見報，連網路上都沒看到這事，八成被壓下來了，搞不懂有什麼好壓的。」

那麼遺言指示究竟是怎麼回事？

如果老闆當場就死亡，怎麼會有「遺言」？

雲武皺起眉。

哈狄絲他們爲什麼拖了一個月才出現在自己面前，照理來說，如果老闆預先設了遺囑，應該是出事幾日就來找自己吧？

他總覺得旅館的謎越來越多了。

正想再進一步問問有沒有什麼相關情報，雲武猛地看見就在斑馬線的另外一端，染了黑色頭髮還戴上黑框眼鏡的少爺抬起右手朝他們這邊舉槍。

下意識地，雲武抓住正要往前走的組長。

那發子彈擦過組長的肩膀，在對方還沒反應過來的同時射進了側邊陌生男人的身上。

然後他注意到後方有人持刀捅上來。

雲武抓住對方的手腕，反射性就來個空手壓制，把人翻倒在地之後，對面的少爺朝他抬了抬槍口。

「這是怎麼回事啊……喂！」

把人扔給話還沒說完的組長去處理，深知殺手是衝著自己來的雲武避開路人，往旁邊的無人巷子拐進去。

經過前幾天的震撼教育，他馬上知道少爺那一槍代表什麼意思。

但很快他就發現巷子另一端同樣出現大批絕非善類的人，都穿著帽T蓋著臉部，更遠一點的外面還有人圍起了巷子，把路人給隔絕開來。

「不要停下來，穿過去馬上回旅館。」

雲武抬起頭，看到少爺正好落在旁邊的圍牆上，黑色的大衣衣襬緩緩落下，他甚至還有餘裕用槍口推推眼鏡，「走。」

旅館絕對有可怕的內幕！

這些人和老闆的死必定有關係。

✧

「來得眞快啊。」

哈狄絲站在櫃台前，皺起眉，綠色的眼睛轉向旅館大門。

「哈狄絲小姐……」幾名櫃台服務員看著女性祕書，有些遲疑。

「沒問題，做好平常的工作就行了。」哈狄絲微笑著，讓幾人去招呼剛進門的旅行團。那是一組海外旅行團，大約二十人左右，都是銀髮族，大多是老夫老妻彼此牽手相伴，準備來個溫泉與美食之旅。

服務員們立即散開工作去了。

五分鐘後，雲武和少爺一前一後踏進旅館。

少爺瞥眼旅館中的紅髮祕書，抓著雲武直接朝裡頭的電梯走，免得他把整群老人家給嚇到心臟病發作。

「接下來就是我和西方的工作囉。」一直坐在大廳沙發的男孩站起身，微笑，身邊罕見地沒有他的畫板。

「有多遠打多遠，竟然敢在我們的地盤上動手。」哈狄絲聽著外頭的騷動，說著。前幾天的入侵者只是她刻意放進來測試小老闆的能耐，但踩上地盤的，必定要給教訓。

「了解。」

另一端，雲武直接被推進電梯裡。

這是第一天到旅館時男孩領著他搭的內部電梯，後來雲武也習慣搭這部，省掉中間換搭的麻煩，而且這部電梯滿安靜的，很少會有人搶。

少爺退掉空的彈匣再塡裝，直接把槍插進腰側的槍套中，「空手道？」

「呃，會一點。」爲了能不受任何危險阻礙、順利又專業地推銷產品，雲武練過很多武術和防身術。

總是要預設一些打開門看見屋內的人被強盜扣押、急須幫助的可能狀況吧。萬一到那時候，打開門沒辦法幫忙救人就糟了。

「打靶呢？」

「完全不會。」他總不能把客人當靶子打吧！眞的到那時候他會選擇報警啊！

少爺嘖了聲。

電梯沒有運作。

「可以解釋一下到底有多少人想要我的命嗎？」今天未免也太誇張，竟然直接在人來人往的馬路上開槍。雲武黑著張臉，與冷冷瞪自己的少爺進行互瞪。

說到瞪眼他也不會輸，之前職前準備有考量到顧客養貓狗或任何猛禽、爬蟲類等等的可能性，但又不能傷害牠們，所以雲武研究過野生動物，有一說是與動物對瞪，動物畏怯之後會服輸地轉開頭或逃逸，所以先轉頭的就輸了。於是他做過練習，可以互瞪上好幾個小時不轉視線！

但顯然與動物層級有差的少爺很快就把槍拿出來上膛，擺明著讓他自己去跟子彈瞪。

雲武馬上投降。

「目前有三方人馬。」少爺拿下眼鏡，冷冷地開口：「黑的、白的和灰色。」

……這是廢話吧。

正邪與亦正亦邪三種都被說完了啊，有第四方嗎！

雲武看著對方的槍，把話吞回去。

「總之……就是因爲這樣，旅館比你想像的有價值。」

等等，跳過中間的解說是怎麼回事？

價值在哪邊？

「提問。」雲武抬起手。

冷眼直接掃過來。

「你究竟幾歲？」也不敢請對方解釋剛剛跳掉的中間解說，雲武咳了聲，挑另一個比較不會被開槍的問題。

「干你屁事。」優雅的少爺吐出不優雅的話。

「呃，我只是好奇你槍法這麼好，可是年紀看起來很輕……」他去打水球都還要瞄很久才會十顆都爆。

「槍法好？」少爺皺起眉。

「對啊。」槍槍都打中還不算好？

「懶得跟你講。」

電梯門叮的一聲打開，雲武才發現樓層不知不覺停在了八樓。

在那之後過了一段時間，雲武才知道其實少爺是左撇子，本來持槍的應該是受傷的那手才對，所以那天他稱讚對方槍法好，在少爺耳中聽起來比較像是挖苦。

不過，那也是很後來的事情了。

06

第十天開始，攻擊越來越猛烈了。

雲武常常被半夜落地窗外不斷叩叩叩的聲音驚醒，他沒膽去掀窗簾，總覺得打開會看到很可怕的事情，爲了能順利睡著保持體力，他決定封印所有對外的門窗。

要踏出旅館之際，若敏銳地見到有紅色光線、光點，他一秒就收回腳步。

「還有三天。」雲武看著電子日曆，胃痛地蜷在豪華大床上。

他還是全然無頭緒。

翻起身，反正也睡不著，雲武乾脆拿出自己的筆記本，因爲工作所需所以曾去上過課，於是他很會寫各式各樣的筆記，而且整理起來非常整齊，一目瞭然。

到目前爲止，他只知道這棟旅館是據說他的親生父親留下來的，而且已傳了好幾代。

然後叫作阿宿的前任老闆是個醫生，沒有錯的話，還是照顧長期房客們的醫生，醫術可能還不錯，推測連槍傷都可以處理。

阿宿在一個月前車禍身亡，但連警察都認爲死因很奇怪，外界也完全不知道這件事故，讓事情變得撲朔迷離，想要找點相關資料都不知從何找起。

接著哈狄絲在觀察自己一個月後找上門來，押著他入住到旅館。

自零零散散的情報得知，長期房客們貌似都在外接案工作，例如好像會幫忙找屍體的巴。幾天下來雲武大致摸清他的作息，除了消失不在旅館的工作期間，平常大概都拿來買麵包、吃飯和睡覺，沒有其餘活動，好像有嗜睡症。

接著是少爺。

探戈說過少爺不常在旅館，但他在八樓出電梯，所以房間應該是在八樓，只是很少使用……雖然這樣說，不過雲武覺得這陣子經常看見少爺，連巴最近都說少爺出現的頻率高到反常。

加上探戈、男孩，還有那個西方，另外還有個叫奇莎的女孩子。

林林總總，接觸到的房客還不算少。

十五天讓他自己評估有沒有信心可以繼承。

到這個份上，雲武大抵也知道這是什麼意思了。

他要有信心繼承，就要面對和管理那些跟野馬差不多的房客……說是野馬還太客氣，少爺根本就是看到紅布便要向前衝的野牛！

明明長得那麼斯文優雅……走神了。

雲武咳了聲，看著自己的筆記。

所以所謂的承認，應該就是讓這些長期房客們認同，這點很好猜，不用花太多腦筋。又或者是旅館裡其實還有其他的投資者，也得讓這些投資者認可之類的？說不定他在不知不覺間已經看過了？

「不管是哪種，都不可能吧！」

他完全沒信心可以繼承這種要死的旅館，也不覺得其他人會認同。

前老闆莫名其妙的詭異死亡還有這十幾天遭遇的狙殺，雲武不用多想，三天後的答案現在就已經浮現在腦海。

接下這種可怕的繼承，一定會短命。

雲武闔起筆記本。

再忍個三天就行了。

三天過後，這裡發生的一切就只是夢，他可以回去繼續當他的專業推銷員，爲工作而準備的各種技能都可以派得上用場。

再忍三天。

沒有必要因爲這種莫名其妙的事情賠上自己的生命，畢竟他也不確定那個叫阿宿的是不是眞的是他的父親，一切都只是哈狄絲自己說的。

仔細想想，ＤＮＡ鑑定根本沒有這麼快速才對。

搞不好眞的就只是場詐騙而已。

但是……

✧

「說服不了自己啊！」

雲武把頭撞在木製的吧台上。

酒保默默看著震了下的台子，然後將黑色的氣泡酒放置其上，向前推給最近常常來與他的吧台相親相愛的客人。

「如果拒絕，這家旅館營運會有問題嗎？」雲武看著依舊在擦杯子的酒保，很認眞地詢問。他有想過這個可能性，說不定是因爲前老闆有設什麼家族管理規則，家族如果沒有人出面接管，整個產業會被拍賣之類。

酒保把杯子對著燈光，接著繼續擦。

「營運上倒不會有任何問題。」回答他的是個女人的聲音。

他轉過頭，看見哈狄絲走了進來，順手關上酒吧的門，在吧台另一邊坐下，「這一個月以來旅館沒什麼地方出問題，阿宿以前在的時候也沒太多管理，大部分都委託我與律師合法處理，我們每個月都會向他們彙報業績，這半月來你也應該看見每天的旅團和住宿量都很穩定。給我橘花。」

酒保開始調製。

「說的也是。」這兩週雲武待在大廳觀察客人，人來人往，進出頻繁，金錢流通上似乎也沒什麼問題，身為祕書的哈狄絲非常能幹，幾乎一手包辦整間旅館的大小事務，每個主管或負責人固定幾天就會跟她開一次會，比老闆還像老闆，「這樣說起來，旅館應該還有其他能接管的投資者吧？」既然有其他人，似乎就不需要自己這路人才對。

「除了阿宿之外，還有另外一位。」哈狄絲鬆開領口，讓自己放輕鬆些，「旅館的資金有七成是另外那位出的，但經營全權交給老闆，出資者不管任何事，也不管繼承人問題，同樣不接管產業。」

這句堵掉了雲武本來想要勸說叫對方接手的話。

哈狄絲看著旁邊的男人。

「我果然沒辦法。」雲武握著酒杯，打從心裡這麼認為，「這太離譜了，我只是普通的銷售員，你們的祕密什麼的基本上與我無關，我也不是管理旅館的那種人才，沒有自信可以扛下責任，這種事情我活了三十幾年都沒沾過。」應該說，正常人都不會碰過吧。

這幾天的事情，明眼人一看就知道這間旅館牽扯上很多不能曝光的人事物，所以老闆一死就有各種勢力跑來想要試圖瓜分。而且不能曝光的部分肯定很嚴重，嚴重到他們想要喀嚓繼承人，好讓他們能夠對旅館動手。

只是不知道爲什麼一定要喀嚓繼承人就是……有什麼條件嗎？

酒保放下藍色的調酒，推到雲武面前。

「不用等到十五天，我是眞的不行，如果你們有什麼更適合的人，就快點交給他吧……其實少爺他們應該也行。要是前老闆的遺囑有什麼問題，過繼給我，我立刻轉贈予對方也沒關係，我不想經手這些。」他只是外表面癱，在這邊待的十幾天來幾乎每天胃都在燒，太耗生命力了，雲武眞的覺得自己承擔不起。

父母死前還殷殷期盼他能過著普通的幸福小日子，特地囑咐他別涉入危險，好好地生活就行，他不想違背父母的期待。

即使不是親生父母也一樣。

如果讓他媽媽生前知道兒子之後要躲半個月的子彈，不知道會憂心成什麼樣子。

「你覺得繼承旅館有什麼是必備的？」哈狄絲微笑著，把空酒杯往前推。

「起碼要有領導能力吧，不然就是很會經營、或是很會管帳，而且還要比其他房客厲害一點，才可以讓別人心服口服。」雖然因爲工作學了不少東西，但雲武認爲自己並沒有列舉的這些特點。

別說領導，他光是一站出去就會嚇哭小孩、害老人心臟病發，讓所見男男女女跪在地上懺悔人生，根本就是放著當活體看板都會倒賠，要發傳單還會被當成是撒單討債。

「或許一般旅館得要如此，換個說法好了。」哈狄絲側著頭，紅色的髮落下了幾絲在白皙的面頰上，「你認爲要當8 .Floor的老闆需要什麼?」

……不就跟剛剛列舉的一樣嗎。

雲武沉默了一下，還是重複了一遍剛才的話。

沒說出口的是，他覺得當這家老闆還要有九十條命才夠死。

「總之，我沒有信心。」

哈狄絲只是微笑。

✧

第十四天時，雲武離開了。

「已經確定了嗎。」

男孩坐在大廳中，看著來來往往的住宿客人，那群銀髮族要退房了，即將啓程前往下一個目的地。

白髮的老公公牽著老婆婆，彼此相扶相攜，深怕沒牽好就把一輩子的手給落下了。

「現在只能慶幸大部分的人都不在吧。」探戈蹲在地上，無視於來往客人奇異的目光，嘿嘿嘿地笑。

「沒辦法，老闆遺言交代，就算是這種時候，大家都必須以自己的工作與生活爲主。」哈狄絲微笑著，然後看著旅館外的跑車將黑色西裝男子接走，「有接到工作的人，快點都離開吧。」

「我和西方沒有。」男孩舉手。

「少爺，你到底有沒有其他的事做啊？」探戈看向旁邊的黑衣青年。

「哼。」

「少爺是專程留下來保護小老闆的啦。」男孩踢著腳，說道：「少爺平常根本不在旅館啊，這次可是留了十四天。」

「眞是貴重的禮物啊。」探戈繼續嘿嘿嘿，「這幾天大開殺戒和用掉的子彈、時間，算下來，少爺你送給無緣小老闆的見面禮起碼値幾百萬。」不過被送禮的人倒是不曉得就是，這當然都是地下世界開出來的價碼。

少爺張握著還有點痲痲的左手，沒有搭理其他人的揶揄。

櫃台人員朝哈狄絲走過來，「哈狄絲小姐，剩下的客人明天退房完畢後，旅館就全面淨空了。」

「明日淨空就全面對外公告旅館要整修封閉，暫不開放。」

「好的。」

✧

他終於到家了。

看著久違的房子，雲武感動地掏出鑰匙、打開門。

與離開時一樣，房裡完全沒變。

老舊的冰箱仍賣力地運作，馬達聲音細細傳來。當時因離開得突然，他來不及先把冰箱裡的東西清乾淨然後拔電源，幸好平常沒有放太多，頂多是牛奶之類的生鮮食品過期而已。

送他回來的跑車在他踏上地面、取下行囊後，眨眼便消失在街道的某一處。

到屋裡後，雲武隨手扔下行李，走回自己的房間，床鋪連拍也沒拍就倒在上面，雖然有點灰塵，但是微硬的床散發著熟悉的氣味。

他真的回家了。

那十幾天的生活就跟噩夢沒兩樣，離開後，突然覺得一切像是虛幻的……說不定自己根本沒去過那什麼奇怪的旅館，也沒遇到那票人，追殺什麼的根本只是電視上的詭異片段，到處開槍、到處死人更是不可能發生的事情。

再怎樣說，這還是個法治社會。

搞不好其實他只是被外星人稍微洗腦一下而已。

他明明就是父母的小孩……對吧。

從小到大與父母在一起的快樂時光，他並不想去否定，他們確確實實就是自己最喜愛的父母沒錯。

雲武決定不要再去思考這些光怪陸離的事情，既然已經回家，那之前的事情就都是假的，與他無關。

畢竟才認識十幾天，不論是誰，某種程度來說都只是一些陌生人而已。

「好，恢復正常。」

說著，他翻起身，把剛剛隨手亂丟的行李拖回來整理，這才發現裡面塞著包牛皮紙袋。拆開後看見裡面裝著葵花熱水器高階主管的名片盒與委任契約等等，然後還有一本用他名字開戶的存摺，存摺裡有一大筆後面很多零的驚恐數字。

雲武沉默了下，冷靜地把存摺和委任契約放到旁邊，接著把換洗衣物從包包裡掏出來，一一地歸位整理好。

他很需要工作，所以絕對不會客氣。這份工作是他該得的，他也有能力做好，但存摺他會寄回去那間詭異的旅館，他沒有拿這麼多錢的必要和理由。

接下來幾天，雲武忙著工作——委任書是眞的，而且是份非常好的閒差，薪水比之前高三倍，但工作比先前輕鬆好幾倍，基本上就是坐在辦公室裡吹冷氣和泡茶，有文件過來看一看、蓋個印章而已。

所以他開始忙著學習以後工作上可能會用到的其他課程。

他要發揮專業才行。

不管是解說還是爲客人服務，他都有自信做到最好，因爲他是專業人士。

所以，當雲武連續幾天辦公室坐得有點煩的時候，他決定重回自己原本的專業，果然還是要親身向顧客解釋比較有實際感。

「您好打擾了，我……」

「對不起我眞的不知道我兒子在外面闖了什麼禍，拜託請不要斷他手腳……」

「我是……」

「這邊是我的退休金，請你先拿著，大人有大量……」

雲武默默地關上門，避免一直跪著的老人家眞的心臟病突發。

這樣不就又跟之前一模一樣了嗎！

站在路口，他猛然驚覺。

不對，他就是要一模一樣的生活啊！

雲武翻出了那支黑金色手機，有點呆呆地看著。

他們倒是沒有把手機收走。

前兩天他曾打電話聯絡想要歸還手機，但不管是哈狄絲或是那個律師，他們的號碼都變成空號，完全無法聯繫上。

黑金色手機也被停話，無法使用。

在便利商店的休息區座位坐下後，雲武無視店內正在發抖的工讀生，也無視全被嚇出去的客人，翻找了下名片夾，找出了之前那位組長留給他的電話。

「喂喂？」

雲武先報了名字後，等了兩秒，記憶力還不錯的組長馬上想起他是誰，還熱絡地問有什麼事情，沒事也可以出來喝個咖啡之類的，大家聯絡聯絡感情。

「我這幾天不在那邊，旅館那裡有沒有事情？」不知道爲什麼，雲武就是很在意。

他在意那天哈狄絲在酒吧裡的問句，還有大家送行時，連少爺都隱約有點複雜的表情。

「旅館喔？在封館裝修啊，已經沒有營業好幾天了。」

裝修？

雲武可不知道旅館有裝修的計畫，在他離開之前明明人潮還很多，怎麼會突然裝修？

「說也奇怪，這兩天打巴的電話也都直接轉語音，不知道是不是又去工作了。」

不知道爲什麼，雲武總覺得那邊不對勁。

或許是自己多想吧……

「對了，如果是封館裝修，有看到是哪家的施工人員嗎？」

「這樣說起來，似乎完全沒有。」

# 07

雲武看著手上的車票。

他開始慎重地檢視自己過去的三十多年人生當中，有沒有哪天表露出他有被虐特質或傾向。

他明明只想過自己平凡又發揮專業的人生啊！

但一個接著一個的問號，最終還是讓他不由自主提起行李，買了最早一班的車票，整理好冰箱、拔掉電源，踏出了自己的小房間。

雲武收緊手掌，旁邊還跪了一群乘客，連站務員都假裝沒看到，不敢過來勸阻；因爲他也沒幹什麼，鐵路警察只敢遠遠觀望著。

「全部給我閃遠點！」

接下來幾小時的車程，雲武對著空蕩蕩的車廂發呆，車掌根本沒來查票，每次經過他這節車廂簡直像用跑百米的速度，三秒便從前端走到後端，然後一聲不響地自動消失。接著他肚子餓想買個便當，便當餐車更是以百米速度消失在另一頭的門外，他只能餓著肚子看火車站一個個過去，連自己都不知道自己在幹嘛地啃著預備的麵包和礦泉水。

終於在天色近晚時，回到了白色旅館的門口。

血紅色的夕陽落日照在玻璃上，呈現出詭譎的異色美感。

從外表看，一點異狀也沒有。不過和前幾天不同的是，旅館外多圍了層代表施工中的鐵皮，以及敬告路人請小心不要太靠近等等的警語，如同組長所說，鐵皮門甚至上了鎖，防止有人想闖入。

雲武繞了一圈，沒看見哪裡有張貼重新開張的時間。

選了個沒路人的角落，雲武就這樣翻進鐵皮圍牆內，憑著記憶找到旅館後方偏僻的逃生門，幸運的是，門竟然沒鎖，就讓他這麼順利地進去了。

偌大的空間靜寂無聲。

大廳就和他離開時一樣，只是沒有電力，內部走廊一片黑暗，大廳窗外投入黯淡、即將隨著夕陽消失的光。

感覺不太對勁。

雲武繞了大廳一圈，完全沒有看到人，沒有裝修人員，也沒有裝修的痕跡或材料，甚至沒有翻整工程該有的氣味。

接著，他踏在了一灘血上。

住在這裡的那幾天，他已經習慣使用靠近裡面的電梯，現在也是按照原來的路線前進，卻在電梯前踏上半乾涸的血泊，血泊另一半延伸進電梯裡，像是被不同的空間給吞噬。

雲武嘗試想扳開電梯的門，但電梯門卻未動分毫。

旅館的總電源不知道在哪邊？

用力地按了幾下電梯鍵也沒有反應。

他靠在旁邊的牆上，按著頭，努力想著有沒有什麼問題點。

原本的房卡已被哈狄絲收回去，部分內部樓梯裝有防盜門，而要打開防盜門，一定需要住宿房卡，這是旅館中的基本警備。

該怎麼做？

黑暗逐漸覆蓋住旅館。

仔細想想還有什麼線索。

「手機？」翻出那支手機，雲武按了哈狄絲和律師的號碼，依然是空號。

哈狄絲那種精明的女人不會平白無故把手機留給他，她甚至連房卡都回收了，沒道理留給他限量手機。

整棟旅館全部都是用感應的方式通關，那……

雲武把手機在電梯門前移來移去，還是一點反應也沒有，只是讓他看起來很蠢。

最後他想了下，直接把手機按在上下按鍵上。

細微的光亮起。

「中獎！」

雲武連忙用手指按了向上鍵。

接著他看見按鍵有奇異的紅光掃了下來，然後還嗶的一聲。

「初步完成指紋辨識與記錄。」

什麼指紋辨識！

雲武愣了一下，接著他發現電梯附近的燈全亮了起來，隨著燈光亮起，熟悉的走廊在他眼前展開，似乎在歡迎他的到來。

腦袋完全空白之際，電梯門叮的一聲打開了。

他看見另外一半血泊果然在電梯裡，並沒有像以前一樣被處理乾淨。

總之還是先確認一下旅館發生什麼事情比較好，雖說不繼承，但幾天下來大家相處也還算融洽，沒道理放著不管。

必要時，可以幫忙報警什麼的。

就算不當老闆，起碼可以當朋友吧。

電梯沒有移動。

雲武在裡面煩躁地走來走去，然後停下腳步。

他記得上次遇到少爺時，對方的確是從電梯上面下來的……所以電梯應該有其他通道。

雲武費了一番工夫推開電燈和通風蓋，看見電梯果然沒在動，並不是如之前移動得讓人毫無感覺，而且與他想像的不同，電梯外並沒有往上延伸的空間，而是往旁，大約一段距離之後，才有向上的電梯通道。

這個電梯一開始是先左右移動？

怎麼自己搭這麼久完全沒有發現？

目前位置只有大約兩人高的空間，他稍微繞了一下便發現有另一個很像電梯按鈕的東西，用手機感應後，喀的一聲，上方打開了一條比較小的通道。

那是條向上延伸的攀爬鐵梯，似乎是維修通道。

原來少爺那次是這樣出入的？

雲武跳了一下，搆上鐵梯，同時注意到上面有著斑斑血跡，看起來應該是從上頭滴下來沾染到的，不像是舊的，而是新沾上。

其他人不知道究竟發生了什麼事，但肯定不會是好事。

完全進了鐵梯通道後，入口就關上了。

維修通道中的鐵梯很長，一直連到頂端深入了黑暗，估計旅館有多高，鐵梯就有多長。

不過幸好因爲工作所需，雲武早就做好整天在外奔波的準備，有空時他除了練習空手道，還會去健身房做運動，晨起去附近小學跑個十圈，體能隨時維持在最佳狀態。

所以爬這種鐵梯不算什麼。

也還好鐵梯每隔一段距離都有離開通道的出入口，因此他並沒有爬很久。

大概爬了一會兒，心裡估算好樓層距離，雲武挑個出口用手機感應、打開門，出去後發現自己正好在六樓的公用陽台上，整層樓黑壓壓的一片。

他記得男孩住在這層。

找到電梯，雲武依樣畫葫蘆地感應了下，果然電源也跟著啓動，六樓的走廊亮起燈，也沒有那麼詭異了。

「後面！」

幾乎本能反應，雲武抓住由後突然衝出來的人，接著側摔壓制，仔細一看，是陌生面孔，但對方身上帶著騰騰殺意，剛剛倒下時還掉出把槍，不過子彈已經用罄，他順勢把槍踢開，讓人碰不到。

「阿武哥，你的身手其實很不錯耶。」

巴從某間房走出來，咬著一小片餅乾，然後動作輕巧地關上門，「剛剛嚇我一跳，只有老闆可以啓動的第三儲備電源突然開啓，還以爲是哈狄絲呢，想說是不是遇到危險。」

雲武注意到對方有些狼狽，身上不少擦傷瘀青，手臂纏了圈厚厚的繃帶，衣服上也有斑斑血跡，看起來像是來不及換掉。

巴笑了下，不在意自己凌亂的模樣是否失禮，翻出條塑膠繩，把雲武剛剛制住的陌生人揍昏，然後捆個死緊。

「怎麼回事？」雲武有點錯愕……不，應該是震驚，但臉上依然沒任何表情。

「嗯……沒什麼大事，必要的銷毀過程而已。」巴轉動著耳環，看著上面的燈，「大概再過兩天這裡就不會存在了，我們在爭取時間，讓哈狄絲可以把所有資料分解銷毀。同樣地，現在所有人都要搶這批資料，所以派進來很多殺手和搶奪者。」

「旅館裡還有幾個人？」雲武皺起眉，可沒聽過有這種事情，他還以爲就是另外找方法營運而已，難怪哈狄絲會說沒問題，整個都要毀掉了當然沒問題。

這旅館莫名其妙的部分，先暫且按下不論。

「少爺、探戈和西方他們都還在，其他人說不準，大家都很隨意的。」巴一點也沒有面臨生死交關的樣子，只微笑著回答問題。

「哈狄絲在幾樓？」

巴看著回來的人，「阿武哥，你還是快回去吧，跟你沒有關係。」

「幾樓？」雲武再度詢問，語氣加重。

「……祕書專用的副主機在八樓，內部大廳。」

「走吧。」看著巴打開的隱藏樓梯，雲武放棄使用電梯。

旅館裡非常安靜。

雲武從巴口中得知，白色旅館只能讓指定者繼承，如果對方不繼承就必須盡快銷毀，因爲內藏祕密相當多，且所有居住過的長期房客有不少資料留存在這裡，絕對不能外流，所以沒有繼承者，就沒有旅館。

並不會有第二繼承者這樣的事情。

不是消亡就是存在。

「這根本是強迫中獎。」雲武邊爬樓梯腦袋邊冒青筋。

那個叫阿宿的老闆到底是腦袋哪裡有問題……應該說歷任老闆是哪裡有問題？

「如果沒有老闆，旅館也不能叫旅館。」走在後頭的巴放低了聲音，「須要用到客人才能保護的旅館，似乎在存在方式上也說不過去啊。」

雲武在這瞬間，想起了哈狄絲的問句。

七樓的血腥味非常重。

雲武停留了下，發現走廊上全是屍體，身上被開出的小洞不斷汩汩地冒著血。

應該是少爺的手筆。

比較起來，六樓就特別乾淨，估計巴沒有動手殺人，八成是像剛剛一樣捆完到處扔。

「你們之前那些……是怎樣處理？」雲武默默地關上樓梯間的門，繼續向上爬。

「清潔人員會處理。」巴回答了一個很類似「今天天氣不錯」的答案。

實際上巴現在心情並不算太好，因爲滿滿的死亡幻象群聚而來，但眼下可不是拒絕的好時機。他必須要完整地接收，才能計算出這些人下一步的行動。

雲武沉默，然後按著自己的胃。

不知道胃潰瘍申請醫療理賠要多久才下來。

他不太想住健保病房，人有點多。

推開八樓樓梯門那瞬間，一發子彈打在門邊，差點讓雲武直接去太平間了。

接著他看見好幾個陌生黑衣人，打開門的同時，所有人都朝他們舉槍。

快了一步的巴險險地把人拽了回來。

「阿武哥，現在是算數時間。」巴微笑，關上門順便上鎖，防彈門還可以多撐一下，

「這種狀況下我大概可以應付三個人，但剛剛我看到外面有七個人，請問你大概可以處理多少？」

「……零。」雲武完全不認爲自己有辦法對付外面正在瘋狂掃射的黑衣人組。

「好吧，兩個人這樣走過去的機率不高。」巴轉轉耳環。

就在他們蹲在樓梯間想辦法時，叩叩叩的腳步聲緩慢自下方傳來。

幽幽地，回音在空蕩的黑暗中響起。

雲武神經都繃了起來。

「自己人。」巴維持著笑。

幾秒後，由下往上的樓梯出現了金色的髮。

「這傢伙在這裡幹嘛？」

少爺擦去滿臉血漬，冷冷地看著不該在這邊的人。

「阿武哥好像是擔心我們的安全吧。」巴拍拍身上的灰塵，站起身，「哈狄絲在內部大廳，這些人大概是最後一批了。」

「都是職業殺手，與樓下貨色不同。」少爺褪下有幾個彈孔的黑色大衣，一邊的雲武稍微打量了下，雖然有不少血，但似乎沒有受到什麼傷。

「西方和探戈他們也在處理剩下的人，底下樓層應該已全面淨空。」巴翻出餅乾遞給雲武，後者連忙搖頭，他便兀自咬了起來。

「嗯。」

瞄了眼少爺持槍的右手，巴笑了下，「那麼我可以應付三個。」

「不需要。」少爺左手從腰後抽出另一把槍，冷淡地掃視了另外兩人，「不計較位置，打到死就行。」

「這種狀況開花彈很難打吧？」

對於巴的擔心，少爺只是回以冷笑，「那就不打。」

雲武按著胃，不了解他們的對話是怎樣，但好像也沒辦法阻止，於是沉默。

如果幫忙拚一下說不定也可以……

沒給他太多的思考時間，少爺一腳踢開樓梯門，不閃不躲，正面朝著蜂擁而來的攻擊走出去。

原本激烈的槍聲逐漸減少。

「什麼是開花彈？」與巴一起乖乖躲在牆後，雲武開口詢問。

巴朝地上指指。

雲武跟著看過去，看見的是一發落空的彈頭，詭異地爆了開來，正中間嵌著另一發更小的彈頭。

「探戈取的。」

然後，塵埃落定。

少爺踢了踢擋路的屍體，沒找到什麼能辨認身分的物品。

「走吧。」

✧

雲武完全不知道八樓竟然有另一座大廳。

旅館簡介中並沒有寫到，從外頭也看不出來，他在閒逛時更從沒注意過。總之，在經過電梯附近的小走廊後，少爺領著他們穿過長長的走廊，奇怪地在幾個角落迴繞了兩圈，最後一個空間不小、有點類似一樓大廳的地方出現在他面前，但與一樓大廳相比還是小了一點。

「旅館有些類似這樣的地方，用玻璃和牆壁、走道與擺設，可以製造一般人無法發現的屏障。」巴簡單爲雲武介紹，「很多人都以爲自己逛透了旅館，其實只是被擺設給誤導。」

看來旅館還是座益智迷宮。

雲武按著劇烈收縮的胃，跟著踏進燈光明亮的八樓大廳。

最盡頭之處，他看見哈狄絲就在那邊，身後是一大片影像牆，起碼有幾十面正在跳動的視窗畫面，每個畫面都是不同的數碼資訊。

「今天旅館歇業喔。」哈狄絲勾起一慣禮貌性的笑容，看著莫名出現在這邊的離去者。

從剛才到現在，雲武除了胃痛之外，也注意到這些人……似乎完全有辦法應付這種狀況，連看起來最沒有殺傷力的巴都可以在槍林彈雨中應付三個人，他突然有種不知道自己跑來這裡幹嘛的感覺。

換個方式說，旅館的狀況應該也還在哈狄絲的掌握下吧？

他們只用最少的人力在爭取銷毀旅館的時間而已。

少爺甚至只有大衣被打爛！

他是來幹嘛的啊他！

雲武沉默了。

開始反省自己是不是安穩日子過得太久，腦袋殘了。

「等等，有好幾個移動的幻象往這邊來了。」巴閉上眼睛，感覺到強烈的氣息直逼而來，「附著的，應該是後援。」

幾乎同時，哈狄絲身後的視窗中跳了好幾個畫面框出來，每個框裡都出現黑色的人臉。

「喔？主謀者竟然有興趣來說說話嗎。」哈狄絲轉過頭，看著那些黑色臉。

腳步聲逐漸逼近他們。

雲武覺得胃正在熊熊燃燒，而且好像有很多刀子割來割去。

他的理智線也跟著被割來割去，胃實在是太痛了。

哈狄絲稍微看了眼面無表情的雲武，在控制板上按了按，允許通話，「這樣攻擊旅館，你們做好心理準備了嗎？」

「旅館沒有老闆，我們的約定也到此爲止。」

「那些資料應該是屬於國家的，在黑道得到前你們應該全部交出來。」

「佔有祕密不是聰明人應該做的事情。」

「這種感覺還滿像死老公之後，寡婦被鄰居欺負。」巴坐在旁邊，喀喀喀地咬著餅乾。

他從昨天到現在都沒吃什麼，體力和精神力耗損極大，結果還得聽這些廢話。

「哼，你們這些政府狗，是怕被其他人拿到資料吧。」

「見不得人的祕密太多，每個人都會怕吧。」

「既然沒有老闆，約定終止，旅館不在，東西應該交出來。」

「欺負孤兒寡母嗎。」少爺拿著分來的餅乾，也跟著喀喀喀地吃。

反正搞不好還有場硬戰要打，可以休息就要多休息。

「唉，接下來還要去找其他地方住才行，等級變成流浪狗了。」巴搖搖頭，開始思考自己該滾去哪裡當米蟲。

一旁的雲武按著胃，感覺眼睛前面好像變成萬花筒。

腳步聲停住了，十幾道紅色光線在入口處射向他們。

「不想死的話還是乖乖將東西交出來。」

「你們不想當賣國賊吧。」

「我根本沒國籍啊。」少爺咕噥了句。

「既然如此，乾脆先殺光再說。」

「誰拿到手就是誰的。」

巴與少爺同時站起身，轉向擠滿入口處的殺手。

就在氣氛緊繃到最高點時，大廳中穿著黑色西裝的男人發出像來自地獄般的低沉喝聲。

「通通給我住手！」

所有紅色光束都聚集到黑色西裝上。

男人完全不介意，踏著重重的腳步向前走了幾步後停下，嚴厲又帶著可怕氣勢的面孔惡狠狠地瞪住最靠近他的殺手，後者渾身一僵，呼吸不自然地停頓。

殺手第一次感覺到這種千萬斤壓頂的壓力，幾乎快要將他的腦和內臟給壓爛一片，連手都不由自主地顫抖起來。

「你想殺我嗎？是你想殺我嗎！」

沉重的聲音一字一句砸在殺手身上，他都快被逼得搖頭了，感覺全身爬滿冷汗。

紅色的光束不斷抖動著，不敢再停留在對方身上。

不只他，其他殺手明顯也動搖了，男人可怕的氣勢就像帝王降臨般，讓他們本能地打從骨子裡蔓延出懼意。

殺手不應該感到害怕，他們這種層級的職業殺手都經過非人的訓練，根本不會有這種感覺——但他們現在全部都怕了。

就像與生俱來的危機感從腦內深處甦醒，提醒他們回想起什麼叫恐懼。

他們怕得連連倒退好幾步，這時如果對方要殺他們，他們也不見得能抵抗。太可怕了。

「我是旅館的老闆，是誰想要破壞旅館！誰想要動我的房客！是你們嗎！」

凶狠的吼聲讓整座大廳死寂一片。

「全部跪下！」

◇

哈狄絲很想笑。

她生平第一次看見職業殺手一整片下跪的場景。

這太離譜、太匪夷所思了。

就算說出去也不會有人相信吧。

她噙著笑，轉回去，面對著螢幕上那許多的黑色人臉，「你們聽見了，旅館有老闆，正式繼承的同時所有約定皆無失效，這旅館依舊不能被動搖。」

「他已經超過十五日……」

「繼承人在旅館十五日之內，選擇繼承、不繼承，今天第十五日。」哈狄絲打斷了對方想辯駁的話，「在旅館十五日。」

今天一天，加上之前的十四天，正好十五日。

所以，她才沒有將手機拿回來。

「今天這筆帳我收下了，請別忘記，我是哈狄絲（Hades），地獄等著你們。」

螢幕上的黑色人臉快速消失，就像是爭先恐後似的，一個比一個逃得快。

她聽見身後殺手撤退的聲音。

少爺也懶得去追擊失去鬥志的傢伙們吧，但是被看了長相，他們不要留下會比較好。

哈狄絲撥了手機，讓自己的人去處理旅館後續事務，接著關掉原本要銷毀的主程式和資料。

從今天開始，8.Floor會繼續存在。

白色旅館終將恢復平靜，繼續爲所有客人提供住所。

「阿武哥好厲害。」

殺手群撤退之後，巴第一個反應過來，剛剛的威壓也讓他跟著有點驚悸，但眞的很厲害，活脫脫就是個天地間的王者。

「哼。」少爺收起槍。

站在原地的雲武突然啪的一聲跪下去，抱著腹部整個人蜷得跟蝦子沒兩樣。

「阿武哥？」巴連忙湊上去，然後被一把抓住手。

「……請幫我叫救護車。」

眼前景象已經從萬花筒變成黑暗了，雲武噗的一聲，噴漿了。

「阿武哥吐血了！快點叫救護車！」

「眞沒用。」少爺慢慢地拿出手機。

「別第一天繼承就死啦，起碼要留遺言和指示才行啊。」哈狄絲快步地走過來，手上竟然還拿著公文夾和筆，連手機都跟律師連線好了。

雲武眼前一黑，直接昏死。

08

這就是我的故事的開始。

……雖然這種離譜到海溝深的故事連我自己都不相信。

總之，三天後我醒來，人已經在某個國外專醫有錢人的高級醫療機構裡，住的還是總統級病房，房內到房外的花活像辦喪事一樣排滿整層樓的通道，不知道的人還以爲是什麼毒梟還是黑道帝王住在這裡，連最好的醫師團隊進來都怕得要死。

我只想告訴他們……我是個普通人，而且還可以用不同語言爲他們介紹熱水器的功能和優點。

後來住院那幾天，我自己深深反省與歸納出一些問題，除了個人莫名其妙的擔心之外，我嚴重懷疑自己應該是被哈狄絲給陰了。

那個號稱觀察我一個月的女人肯定老早就把我吃死死，我會跑回去旅館應該都在她的算計之中，所以她才故意玩了一手根本是陷阱的規則，還露出旅館整修的破綻讓我發現。

一想到這個百分之百的可能性，我的胃又陣陣疼痛了。

這段期間，沒事幹的巴幾乎都在醫院……也有可能是在躲組長。他像是有嗜睡症般地在家屬床上狂睡著，搞得比我還像極須恢復的病人，不過也因爲他的關係，我對旅館的了解比之前更深入了。

然後我胃更痛了。

他開始詳細解說後，就覺得我眞的不應該跑回去的。

這是黑洞！

是陷阱！

被外星人抓去實驗都比接手旅館好！

可惡，又胃痛……

那個叫阿宿的前老闆，我上輩子到底對不起你什麼，你何必如此坑害我，雖然長期房客與其他員工都不是壞人，但也不是什麼好人，你明明知道對吧！你根本就知道！

萬一我哪天也被車夾死，下地獄我第一個跟你算總帳。

到時候我一定叫巴再幫我燒台卡車下來，下地獄再輾你一次！

不過，雖然我不知道旅館的老闆到底是要怎樣才具資格，但那天我的確有想到……

「不管如何，都要保護房客。」

提供房客最佳又無憂的住宿環境，好像才是旅館老闆眞正的工作。

行政有專人打理、清潔也有清潔員工，廚房有廚師，業務也有部門負責，所以老闆應該是聚合這些，讓房客不用擔心其他的，安心地放鬆休息才是。

後來聽到答案的哈狄絲笑了笑，沒講什麼，只叫我胃好之後不要逃避現實。

至於少爺，他後來又不見了，就像其他人說的，少爺基本上很少在旅館裡，雖然他也有房間。

每個人又回到自己的生活軌道。

我的挑戰是進到旅館之後才眞正開始，這只是我剛到時所發生的故事。

雖然我很想當作是場夢……

其他人的故事，又是不一樣的開始。

那是更多更多，不同於我個人的故事了。

〈繼承者的故事〉完

# Trick or Treat !

# 01

妖怪的面具一直沒有被拿下來。

傳說中，萬聖節的鬼面具與妖魔裝飾是爲了嚇退眞正的惡靈，在死亡之日降臨、黑暗力量達到巔峰的夜晚，讓蜂擁而至的死靈與鬼怪退卻，或讓收割死亡的死神分不出人鬼，藉此保佑人們平安。

人們總相信，只要打扮成惡鬼妖魔，就能讓自己避開眞正的惡靈。

「幹！婊子！」

客廳外的打罵尖叫聲透過薄薄的門板不斷傳來。

他蹲在地上撥弄著幾顆汽水糖，這是學校老師今天發給全班的，每人都拿到一點，不過有些同學嫌太廉價了，拿來當小石頭互丟取樂，或是扔到垃圾桶。他就在別人不注意時撿起來。畢竟這對他而言算得上是難得的奢侈品。

床頭上放著一家三口的溫馨相片，是不久前萬聖節去遊樂園時照的，一張被收了三百元。當時男人還邊碎碎唸嫌貴，邊從皮夾裡掏出三張紅色鈔票。

那之後，就再也沒有這種照片。

「妳在外面睡了多少男人！爛貨！」

他們從遊樂園回來不到幾天，男人就扯著女人的頭髮將她拖進家門。尖叫聲撕碎了殘餘的歡樂氣息。

聽說，他看到女人在外面和不同人勾勾搭搭，還收了人家的錢，搞不好他家飯菜錢也有用到女人賣身體的錢。

女人尖叫著，要不是因爲男人沒用、家裡實在沒錢了，她須要賤到這種地步嗎。

接著，是巨大的東西重重撞在牆上的聲音。

一次、兩次，牆壁好像都要被砸穿一樣，彷彿震動了水泥裡的鋼筋骨架。

前幾次女人還會反抗，廚房的菜刀不知撞壞幾把，打到鄰居都報警了，還是沒人罷休。

但是今天不一樣。

撞擊聲持續著。

不曉得過了多久，從門板下縫隙慢慢地滲進紅色的液體，像是打破番茄醬時那往外擴散的紅色印子，差點沾到了他的腳。他連忙縮起腳，把身體縮成一團，想讓自己消失在這黑暗的小房間中。

一次、兩次，門外繼續撞著。

原本尖銳的叫聲逐漸變小，只剩下規律的粗重喘氣聲。

最後一下撞擊在門板上，房門應聲而開。

他看見母親像是戴了一層血面具般倒了下來，半張臉都撞爛了，眼睛爆出，混著血液的腦漿汩汩地冒，混合成怪異的顏色。

就跟之前在遊樂園裡看見的萬聖節鬼面具很像。

不會動的母親呈現不自然的姿勢，緩緩地被拉出門外。

接著門外探進另一顆鬼頭，覆蓋著血紅色面具的臉毫無表情。

✧

他趴在陽台欄杆上，看著對街被警察拉起封鎖線的那間房子。

死者四十八歲，因經商失敗揹了上億元的負債，同時也積欠員工五、六個月的薪水，高達好幾千萬。在員工與收不到貨款的廠商集體抗議時，他還興致勃勃的和附近學校的高中女生去開房間。光靠洗出去的錢就夠他飛到國外悠哉過著奢華的好日子。

然後是今天，有鄰居報案說隔壁那戶人家已經很久沒出現了，房子隱約傳出了惡臭味。稍晚的時間，在各家媒體晚間新聞頭條的大肆報導下，幾乎所有人都知道負債的商人因爲良心不安、燒炭自殺，等鄰居發現時屍體都已經臭了。

差不多也該退租了。

他用力伸伸懶腰，打了個哈欠，抓抓黑色的短髮。

這個月的生活費不太夠，好不容易租到比較便宜的房子，但以目前狀況來看，果然還是有點貴啊……得看套房才行，但他又喜歡整層的住家，雖然有些房間用不到，但他就是很喜歡房間比較多的屋子，可以任意在裡面走動。

「想存滿一百萬果然沒有想像中容易。」他打開存摺，已經省吃儉用好一段時間了，不過數字還是沒什麼增加。

他嘆了口氣，聽見隔壁那戶人家又傳來男女嬉笑的聲音，原本只是打打鬧鬧，沒過多久變成了做愛的聲音，透過窗戶，傳來曖昧的喘息。

隔壁是一戶單親父子的家庭，但很不像話，不是老子帶女人回來上床，就是兒子帶女孩回來做愛，一天到晚彷彿輪流一般，偶爾還會一起在各自房間叫，性飢渴家庭。

他點燃廉價的白長壽淡菸，坐在陽台聽著從隔壁窗戶逸出的呻吟聲。

如果沒有隔壁這種煞風景的鄰居，他其實很喜歡陽台的位置，配著泡麵就是個很美好的夜晚。

吃不起大餐，而現在越來越貴的泡麵也是奢侈品了，偶爾想慰勞自己，就去弄碗來吃，還能順便加顆蛋。

過了一段時間，隔壁終於安靜下來。

他正打算去找東西塡肚子時，隔壁窗戶突然打開，一個只穿著條內褲的青年兩腳跨坐出窗台，身上還有濕黏的痕跡，就這麼隔空朝他伸手，「菸。」

他直接把菸盒丟過去，正中對方用來拐女孩的臉。

「幹！」青年罵了句，還是接住下滑的菸盒，熟練地叼出菸、點火，「你有病喔，每天都坐在外面聽人家幹馬子很爽嗎？」

「你才有病，從我搬來之後，每次幹人都挑在最靠近窗戶的地方。」他也不是沒發現，隔壁的人根本是在惡意挑釁。

這件事是從青年發現他經常在陽台透氣時開始的，非常故意，像是想要惹惱他一樣。只是青年沒想到他完全沒發火，還是過著自己的生活，兩人就這樣慢慢搭上了話。

「幹。」青年笑出來。

青年赤裸的身上有很多傷痕，燙傷、刀傷、撕裂傷等等，一道道顯得猙獰的傷疤有新有舊，像抹不去的髒污攀附在他身上，讓年輕的身體顯得相當殘破。

因爲住在隔壁，他知道隔壁父子一天到晚都在打架，有時候連家具都會摔出來，有次還差點傷到路人被報警。

五十多歲的父親長年酗酒，和老婆離婚後常常打小孩出氣，情緒不穩所以找不到什麼好工作，上個月因爲喝酒喝太過頭，連本來做得勉勉強強的清掃工作也丟了，現在成天遊手好閒、四處晃盪。

二十歲的青年是夜校大學生，在便利超商打工，假日還在香雞排店兼差，有空就會帶不同的女孩回來過夜，偶爾還會看見穿國中制服的小女生。

有時候父子倆帶回來的女人會掏錢出來。

確實，不論是老的或年輕的，他們都有張女人會買帳的臉。

他將菸蒂扔到樓下，落進了積水的空盆栽內。

「附近有人燒炭自殺。」青年呼了口白煙，「幹，怎麼不是死那個臭老頭。」

他斜了眼青年，笑了聲。

青年一直很希望自己的父親去死，就像他父親每次喝醉，也恨不得殺死青年一樣。隨著青年長大，雙方關係已經惡劣到都想在某次打架「意外失手」殺死對方的地步。

但因爲誰也不想髒了自己的手去蹲牢，都在等待一個可以因爲正當防衛而錯手殺人的時機出現。

窗內的女孩發出細軟的聲音，催促著青年。

「喂，你啊，不要變成我這樣，快點回去上學吧。」青年丟下菸蒂，像平常一樣給他這句話後就鑽回了房間。

笑鬧的聲音再度傳來。

他也回到自己的房間，到廚房燒了開水，翻出特價時買的杯麵。

偶爾還是該買點青菜吧……

他打開筆電，看著讀條上的進度，眞希望盡快做完手上的工作交差，這樣就可以再存一點錢進去。

「喂！」

隔壁又傳來聲音。

他有點疑惑，探出頭，看到對方丟了包東西過來，「飲食均衡點啊。」

他接住後打開，裡面是便利商店過期的生菜沙拉和水果，還有一、兩個便當、御飯糰。

青年笑了下又轉頭回去哄女孩了。

✧

他的名字是莊成昕。

十八歲，本該是大學新生的年紀，但從高中開始，他已很久沒到學校去了。

正確來說，他離家出走後已經遠離學校三年有餘，最後讀的學校是所公立國中，因為沒錢繳學費，乾脆就不去了。得知不用再花錢的「父親」喜出望外，因為這就表示不用繼續在他身上花錢。而他在某天深夜，拿好證件跳出窗戶，在黑暗中逃離了家。

前一、兩年因為年齡不夠，實在是找不到什麼像樣的工作，只能在小吃攤或違法的奇怪店家打些雜工，換取微薄薪水。

那時身上什麼都沒有，晚上就在學校或公園的遊樂設施內棲身；連買食物的錢都沒有時，他就去翻商店和餐飲店的垃圾桶，幸好現在的人經常浪費食物，那些不合他們胃口而遭丟棄的部分，能止住他的饑餓，再撐一陣子。

後來陸續在便利商店打過短期工，又在一些仲介牽線下到工地做過粗工，現在則是利用網路接些簡單的小工作。

他一直轉移自己的住處不被找到。

年齡不夠時就謊報，需要證件就從偷來的皮包裡拿，需要大人時就花點小錢請人幫忙——想在街頭找個願意洗洗澡的流浪漢還是有辦法的，而且他們往往不會問太多。

成年後許多事情就簡單多了，一切都可以自己來。

兩、三個月前他租下了現在的住所，那時就比較沒遭到什麼刁難。房東看起來是那種簽約時非常好講話，但退租後可能會想盡辦法找瑕疵求償、東扣西扣押金的人。

他遇過很多這樣的房東。

就算他幾乎沒有什麼會破壞家具的行李——只有一台筆記型電腦、幾套換洗衣物與幾本書——還是有人硬是要找到損壞的地方，例如擺在房間裡的檯燈本來是全新的，但被用過之後接觸不良，須要換新的才能給下個房客使用等等。

這時候，他通常摸摸鼻子認賠。

他只想要個住所，不想惹麻煩，所以只能在搬走時稍微詛咒一下那些喜孜孜算著鈔票的房東，最好被路過的飆車族撞死。

不過，到現在還沒聽過任何房東出事的新聞。

「喂。」

他聽到窗外傳來連串叩隆叩隆的聲音，視線轉去，果不其然看見隔壁的青年爬窗過來，大剌剌地踩進他家。

青年從來不知道他叫什麼名字，就是喂喂喂地叫個不停。

不過他倒是知道對方的名字，叫作張凱俊，因爲隔壁父子打架時都會連名帶姓地互幹祖宗八十代，並喊著叫他全家死光光之類的話。

先前在樓下偶遇時，對方說直接喊他阿俊就可以了。

「明天晚上沒用的房間借我。」阿俊穿著白汗衫和短褲，指指房東有放床的主臥室。

「喔。」他敲著鍵盤，確定款項入帳。

「有個老女人要給三萬包一個月，貼你五千當租金。」

「喔。」

「那個老頭不知道什麼時候才死。」阿俊自己拿起一旁的香菸，點火，然後懶洋洋地倒在破舊的沙發椅上，一股霉味被他的動作給擠壓出來，「幹我昨天皮夾被偷走，薪水全被那垃圾喝光了。」

他知道，因爲昨天晚上隔壁打得很凶，打到警察都來了。阿俊和他爸血淋淋地被救護車載走，左手還縫了七針，整間屋子都被砸爛。因爲阿俊身上沒錢，所以半夜是個陌生女人帶他回來的，還替他繳清了醫藥費。

「存夠錢應該找幾個人來打死他。」阿俊一揮拳扯痛傷口，又罵了幾句髒話，「還有那個不負責任跟人跑的爛女人，老子一輩子都不會原諒她。」

那個爛女人就是阿俊的媽。他聽過幾次阿俊的往事，因爲他父親酗酒又動粗，早幾年女人受不了就離婚了，拿著行李箱與家裡所剩不多的錢，坐上一台黑轎車走人，之後就再也沒有音訊。

她連一次也沒有回來看兒子。

甚至當時要走也沒想過要帶著兒子，滿心只想要自己脫離地獄。所以他憎恨著自己的母親，從來不願意用「媽」這個字稱呼生出自己的女性。

「如果存夠錢，你眞的想殺你爸嗎？」他接過菸，跟著抽了起來。

「廢話，那個死老頭有一次居然捅我一刀，連腸子都差點被拖出來，幸好我命大。」阿俊拉起汗衫，給對方看自己腹部醜惡的舊疤。

「幹嘛不搬出去住。」他看過無數次那道傷痕，那應該是青年身上最深的傷了，雖然比不上胸口那道凶險。「你應該有辦法租屋吧。」出去租個小套房，青年肯定還是能支付……或者有女人願意爲他掏出鈔票。

「房子是我的名字。」青年呼了口煙，白色煙霧在空氣中擴散後便消失了，「爛女人的爸爸早就過戶給我，應該滾的是那個死不要臉的老頭。」找不到自己女兒的外公在死前唯一擔心的就是這個孫子，加上孫子是最後經常到醫院替他擦澡把屎把尿的人，所以將這原本借給他們夫妻住的小房子登記在孫子名下，希望能庇蔭自己闔眼後無法照顧的孩子。

不過因爲父子倆整天打打殺殺、惡名昭彰，房子竟然掛了一年多還賣不出去，鄰里間不斷流傳著關於這間房子的惡言。

阿俊換過幾次鎖，但他父親有不少偷竊前科，自然很會開鎖，怎樣換都沒用，最終結果不外乎是父子又怒目相視大打出手。

「喂。」

他疑惑地再度把視線從螢幕上移開。

「不要像我一樣。」

青年把菸蒂彈出窗戶，這樣說。

# 02

房裡的床鋪被壓得不斷作響。

雖然隔一扇門，但裡面男女的喘氣呻吟聲還是隔不住，連客廳裡都迴盪著三種混合聲。

半小時後，穿著條內褲的青年走出來，還順腳踢上門。

「喂，你出去吃個麵吧。」青年說著，把五張縐巴巴的千元大鈔扔在桌上，「那個老女人居然肖想要你也進去伺候她，也不看看自己長什麼樣子，跟隻豬一樣。」

「喔。」知道對方是要讓他躲一下，免得遭房裡的客戶騷擾，他關上電腦，看著青年又放了張大鈔。

「不要吃太快，回來時幫我買點東西和一手啤酒。」

「好。」

把六張鈔票都放進口袋，他站起身，很乾脆地爲了五千塊離開自己的租屋。

夜晚可以去的地方不算多，但也不全然沒得選。

扣掉網咖，他在街角的當歸鴨麵線攤位前坐下，點了碗麵線，又吩咐老闆等等幫他打包些小菜，就在街頭吃起熱騰騰的食物。

錢還不夠。

不知道什麼時候才能存到他要的數字。

想到存摺上的金額還有段不小的差距，他就嘆了口氣。

老闆幫他拿衛生紙過來時，注意到他的左手，愣了一下，什麼也沒問就放下麵走了。

那是有許多傷痕的手，痕跡全部集中在手腕上，有橫有直，混亂的好幾道刀痕。

一開始便注意到的青年曾問過他是怎麼回事。

總之，是與對方差不多的故事……或者說與很多家暴家庭差不多的故事。

不外乎就是媽媽外遇，然後每天看父母大打出手；期間媽媽想自殺，還硬是抓著他的手用水果刀割了他好幾道痕，但是卻被救了回來。

後來爸爸也看他不順眼，每次喝酒就抓他的頭髮將他摔在地上，說著想跟那個女人一樣賤就給你死，接著推出美工刀的刀片凶殘地劃他好幾刀。

不過醫院通報上去的永遠都是說他壓力大想不開，爸爸總是一把鼻涕，一把淚地說他兒子很憂鬱，因爲母親幾年前不見了讓他想不開，動不動就想自殘，所以還來了社工做無意義的輔導。

層層疊疊的傷痕幾乎跟魚網一樣。

「幹，大人說謊都比較容易被相信。」

之前在聊的時候，青年邊罵邊彈掉菸蒂，「大人自己的錯都推在我們身上，安啦，我相信你，那些不信的人死死最好。」

他會離家出走是因爲爸爸在外面欠了一屁股債，然後叫人抓他抵債，看是要賣內臟還是怎樣都行，全身上下隨便他們用。

反正他是那個婊子跟外面男人生的小孩，爸爸一點也不介意他會變成怎樣，所以他們約定好用他的各種器官來抵債。

因爲正好返家時聽見，趁著那些黑道還沒來，他先一步跑了。

他一直轉移住所，不斷遠離他的學校跟家。

或者說，遠離他的地獄。

「你爸欠人多少？」

「一百萬。」

青年沉默幾秒，「幹，一百萬就要你死。」

「嗯。」他翻著存摺，離目標還有一段距離。

「這樣好了，我戶頭還有三十幾萬，你快點湊一湊看看可不可以湊滿，我找認識的老大幫你做中間人，喬掉這筆，就跟你老子互不相欠。」

「你不是存起來要買凶殺人的？」他知道青年一直是說眞的，要找幾個人打死他爸。

「靠夭，反正早晚有天要打死他，你先保命比較重要啦。」青年把菸插進空啤酒罐裡，飄出難聞的味道，「沒人保護我們，就得自己保護自己，懂不懂啊，小弟。」

「嗯。」

當歸鴨麵線的老闆走回來，剛剛才招呼完一桌客人，他用油膩的手拉著肩上的毛巾擦著臉上的汗，露出樸實的笑。

「要不要再加點湯啊？」老闆說著，盛著熱湯的大湯杓已湊了過來，香噴噴的氣味融化冰涼的心。

「謝謝。」他把碗遞上前，接住冒著熱氣的湯。

低頭繼續吃的時候，桌邊突然有人坐了下來。

這時他才注意到，不知不覺，小小的麵線攤已幾乎坐滿人，大多都是吃宵夜或喝酒的，沒有多餘的空位。

再怎麼說，這店家也是附近有名的好吃攤位，所以滿席並不讓人意外，常常都是陌生人隨意挑揀空座位，與不認識的人一起共用桌面。

反正他也不介意併桌，打算繼續吃自己的。

不過坐在旁邊的陌生人實在有點特別，讓他不自覺多打量了幾眼。

是個年紀稍微大他一點的青年，有著黑髮與一張端正白皙的面孔，臉上戴著最近流行的黑框眼鏡遮掉大半面容，但遮不掉他與生俱來的優雅氣質，好像他不是坐在路邊的當歸麵線攤，而是在高級餐廳的感覺。

昏黃的燈光下，他注意到對方的眼鏡後有雙藍色的眼睛，不知道是不是角膜變色片。

對方也在打量他……的碗。

「好油。」還發出抱怨聲。

「呃……其實吃起來還不錯。」不自覺地回答了對方的低聲咕噥，結果獲得好心沒好報的一記瞪眼。

青年掙扎了半天，點了碗米血麵線。

看對方點東西的模樣還滿有趣的，似乎像是鼓起最大勇氣豁出去了，於是他又偷瞄了幾眼。對方八成是很少吃路邊攤的好野人家，看氣質說不定口袋還有點深，與自己是完全不同世界的人。

接著，青年用視死如歸的表情開始啃米血。

他比青年快吃完，走去老闆那邊付帳，順便拿打包的小菜，想了想，一併付掉那碗讓漂亮青年吃得好像很痛苦的米血麵線。

這算是今天還滿有趣的事吧。

✧

隔壁又打起來了。

他坐在窗台上，喝著礦泉水。

剛才被打破的玻璃噴到這邊陽台，直接在他腳上割了條血痕。他叼著菸，把剩下的礦泉水倒在腳上，沖掉不斷冒出來的血。

從這邊看過去，偶爾可以看見阿俊跟他爸爸扭曲到像鬼一般的臉，兩隻鬼扭在一起打架，讓原本已經夠爛的房子被砸得更爛，搞到阿俊這兩天都鑽到他這邊來睡，連女人都帶來這邊上。不過因爲都會貼他個幾千，所以倒是沒什麼怨言好說。

坐了一會兒，隔壁傳來「幹等等給你死」之類的嗆聲，幾個重重的腳步走出去，摔上門的聲音大到連他這邊的窗框都在震。

接著他家的門響起了連串拍打聲。

「喂！」

打開門，青年猙獰的臉出現在門外，對方看了眼他的腳，接著舉起血淋淋的手，硬是塞了張染血的千元大鈔在他手上，「出去吃東西，不要太早回來。」

「警察會來喔。」

「管他去死！」

他謹慎地收好鈔票，在腳上貼了一排ＯＫ繃止血，就遠離發出慘叫聲的房子。

最近因爲常常被趕出去，所以他找了幾家可以打發時間的店，撇除網咖，便利商店是不錯的選擇，買個便當或吃的就可以坐上一陣子。雖然他覺得只領一份薪水卻要做種種收拾工作的超商員工很辛苦，但他眞的打從心裡感謝有這個地方能讓他休息，所以只能默默希望超商老闆能給員工多加點薪，慰勞他們的辛苦。

幾輛警車從便利商店前呼嘯而過。

他注意到的是警車經過之後，出現在巷口的那個人。

瞬間，超商裡的廣播沒了聲音。

對面的陰影突然擴大開來。

那個人的手少了兩隻手指頭，臉上也多了許多傷疤，張開嘴時，裡頭的牙齒掉落了好幾顆，出現黑色的洞。

「你再跑嘛！」

他扶著不知誰家的圍牆，腹部翻騰劇痛，剛剛吃的東西已經全都吐光了，只剩下酸液。

臉上也腫痛得很厲害，腦子整個暈眩。

男人朝他蜷縮抱起的肚子又踹了一腳，「厲害嘛你！給我躲三年！看你是多會躲！」

他乾脆倒在地上，沒力爬起來了。

「幹！害我被剁手指！」男人越想越氣，朝他癱在地上的手指用力一踩，不斷轉動著，讓皮肉陷進鞋跟裡。

他都快可以聽見脆弱手指發出的慘叫聲，或那可能只是自己無意識叫出的聲音。

「你跟你媽一樣賤！」

他躺在地面，無力地看著自己上方陰影裡的鬼面具，猙獰得完全不像人類。

不知被踢打多久，連手都麻到沒知覺時，他隱約聽到傳來了髒話連連的罵聲。

「幹！對我的小弟動手嘎你！」

互嗆罵完後，中年人明顯在力量上居於劣勢，打不過一身肌肉的青年，邊罵邊跑了。

他從地上被拖起來。

「你老子怎麼會找到這邊來？」

身上有好幾道刀傷的青年甩開手上的血漬，臉色很難看。

「喔……大概是到處躲債亂跑，不小心就遇到了。」他捂著很痛的腹部，彎著身體，連話都說不太清楚了。

阿俊抱怨了兩句「怎麼這麼衰」之類的話，然後說他老子現在在醫院，剛剛打太凶了撞到窗台，滿臉是血，被警察強制送醫。

接著他們在街角坐下來。

他拿出淡菸，各自點火。

「喂，不要像我一樣。」阿俊吐了口白煙，把手上的血抹在一樣骯髒的襯衫上，只是這舉動徒勞無功，新的血繼續從傷口中冒出來，「快點存夠去還掉錢，去你老子再也找不到的地方重新生活。」

「嗯。」

他也吐出口氣，看著白煙消散在微弱的風裡，被踩的手指腫痛得厲害，翻出幾個ＯＫ繃隨便貼好，「我存摺、印章和卡片放在天花板夾層，萬一我爸真的找到那邊去，你就先幫我保管。」

「幹！不要交代遺言。」阿俊把菸丟在腳邊，很粗暴地踩熄，「喂，如果哪天我老頭死了，到時候大家慶祝一下，出來喝個酒吧。」

「嗯。」

一開始，他們都沒有犯過什麼錯。

因爲大人的關係，每天每天要不斷逃避或是過著充滿傷害的生活。

阿俊從國中開始就混得很凶，也拿過刀槍跟著幫派大哥去圍事，進過幾次少年法庭，他老子唯一一次被叫過去，說的話是「小孩有本事你們管，和我無關」。

後來阿俊成年後自己去了夜校，跟女人上床拿錢幾乎成爲家常便飯。

有的人不是天生就壞。

有些事情總會有一些原因。

「你爸死了之後，你會去開始新生活嗎？」

阿俊到對面超商買了一打啤酒，兩人有一口沒一口地喝。

「會，讀完夜校搞夠錢，去開個雞排攤，以前的大哥、小弟也好可以去聊聊，然後找自己要的女人，結婚生個小孩，多好。」

阿俊在脫離幫派時，老大難得寬大地讓他走，就因爲他想上學。

「我爸剛剛說，自從我跑掉之後，他利滾利已經欠了四百多萬了。」

他再度點燃香菸，說道。

「幹！」

◇

「你應該是老大介紹的人吧？」

阿俊看著坐在當歸鴨麵線攤的青年，疑惑了幾秒。

因爲實在沒辦法了，他硬著頭皮拜託以前的老大幫他找可以信任的打手，老大則是給他一個時間，和一個「穿黑衣」的提示。

黑色衣服的青年戴著黑框眼鏡，桌上還擺了碗米血麵線。

但是氣質也太他媽的好，有這種打手嗎？

「你說的，是那個吧。」青年用沾著湯水的筷子指指對街，「認識的話告訴他們，別人在吃飯的時候，不要隨便勒索。」

阿俊這才發現對街陰暗的巷子裡，有兩個穿黑衣的牛鬼蛇神倒在裡面，地上散落幾顆牙齒，手也朝不自然的方向扭。

「幹。」阿俊在旁邊坐下。

青年很慢地吃著他那碗麵線，動作優雅得像在吃牛排，把麵線硬生生提高了幾個檔次。

「喂，你好像也很會打，如果要你幫忙打死個傢伙，要多少？」雖然不是老大的人，但可以撂倒兩個打手，應該很厲害。

「死法？時間？」青年用筷子戳著軟爛適中的米血。

「就是那種喝醉酒不小心被打死的就行了，反正就是要他死。」阿俊壓低了聲音說道，「越快越好。」

青年終於轉過來正眼看他。

阿俊突然發現對方的眼睛是藍色的，而且給人一種不寒而慄的冰冷感。

「你是不是有個朋友，大概是……」

青年沒有回答他的問題，突然形容了某個人的模樣。

阿俊聽了，皺眉，「那是我朋友，他怎麼了？」

青年沒回答問句，又逕自開口：「你要殺誰？你認爲對方有多少價值？」

「我朋友的爸爸，就你剛剛講的那個人。」阿俊把隔壁的事講了下，「我身上有三十六萬，可是那個人渣連一塊錢都不夠資格，但若不快點讓他蒸發，我朋友就死定了。他腦袋很好也很乖，如果去上學的話一定是資優生。」

他知道，隔壁的男孩有顆很好的腦袋，他筆電裡的工作都是自己看不懂的數據。這樣的孩子應該要在學校裡和人拚第一，不是流落到惡鄰的隔壁，每天聽人在那邊叫床靠北靠木。

比起短期內不可能存到的四百萬，他覺得先殺掉那個人渣更快。

青年沒有答話。

「如果不夠，我會想辦法分期還你，一定要先殺掉他。」阿俊盤算了下，只要努力去賣，應該可以掙比較多錢，想要他伺候的老女人多得是，他大可多接幾個。

「十天後這個時間，如果你認爲還有須要的話，再把錢帶來這裡。」

青年最後只這樣告訴他。

✧

他坐在窗台邊。

今天晚上隔壁安靜得有些過分。

阿俊大概又出去找女人了，他透過隔壁窗戶只看見漆黑一片。

約莫過了幾分鐘，他聽見隔壁傳來奇怪的聲音，好像有人在裡面翻來翻去，偶爾還因碰撞到破碎家具發出叫罵。

他放下手上的菸，爬過隔壁的窗台，打開陽台燈，「你在幹什麼？」

點亮的微光照出阿俊爸爸的臉，手上拿著一些從房子裡翻出來的零錢鈔票，還有阿俊前幾天剛買來要做功課的小筆電——之前那台砸爛了，連修復都沒辦法。

「幹！靠北唷！關你啥小滴帶！」被嚇了一大跳的中年男子爆出不堪入耳的粗口，「恁北拿我兒子的東西你管什麼管！」

「那都是阿俊的，放下。」他注意到對方手上還有一小綑紅色鈔票，之前阿俊講過，怕有一天身上沒錢，連看病錢都沒有會死在家裡無人知，所以綁了幾百塊在馬桶水箱裡，以備不時之需。

「干你屁事！」中年男子又罵了幾句五字經，一點都沒有放手的意思。

他踏進狼藉的屋子裡，本來是電視的東西已變成碎片和塑膠殼，玻璃之類的全都粉碎了，在屋內一個走路不小心就會被碎玻璃或毀壞的各種家具殘骸、斷裂的木頭殘塊割到，相當危險。

中年男子瞪著他，又罵罵咧咧地翻找了一下，肆無忌憚，也不管他人在場，不斷說著老子養他這麼大，拿點錢是應該的，如果不好好養父母，當心要去告他的話語。

接著男子似乎想到什麼，轉過頭露出猥褻的笑，讓他原本還能看的臉變得很噁心，「對了，你不是我兒子的朋友嗎，我兒子的存摺該不會在你那邊吧。」

「沒有。」

「騙痟！我兒子動不動就去你家！絕對把錢都放在你那邊了！」中年男子整張臉扭曲了起來，伸出手，「拿出來！」

他往後退了兩步，背部抵在窗台前。

「對你們來說，小孩到底是什麼？」

「啥小！」

「你有沒有眞的疼過阿俊？」或是有沒有眞的疼過自己的小孩？

他們都沒有錯，但是這些事情全部都落在他們身上。

那麼錯的是哪個部分？是什麼？

「幹！說啥聽不懂的話！要是再給恁北裝瘋賣傻，當心連你一起打！」

他從口袋掏出幾張皺巴巴的千元大鈔，「回答剛剛的問題，就給你。」

男人看見幾張鈔票眼睛都亮了起來。

「他不知道是那個賤女人哪裡生來的雜種，恁北沒掐死他就算疼他了！」男人抓住那幾張鈔票，朝眼前的人吐了口口水，「不過看來他也跟那個賤女人一樣，連男的都搞，雜種就是雜種！」

他們都沒有錯。

「你跟我兒子應該也睡得滿爽的，老子還眞沒上過男人，有興趣也可讓你爽一爽啊。」

男人算著手上的鈔票，張狂地笑，然後轉身就要往大門走。

是啊，他們都沒有錯。

「Trick or Treat?」

「啥小？」

這兩個字成爲男人最後講的一句話。

他伸出手，只是輕鬆地往前一推，男人就往前撲倒，肥肥的肚子發出像喜劇般的噗嗤一聲，家具斷木直接插進腹腔裡。

男人像是青蛙一樣掙扎了幾下，手腳抽搐個不停，最後不動了。

紅色和藍色的鈔票落在一地的血泊上。

「不給糖，就搗蛋。」

他坐在窗台上，拿出了口袋裡的汽水糖，緩緩地放進嘴裡。

不給我們愛，就給你搗蛋。

## 03

他關上門。

警察來問過幾次話，內容都是關於隔壁的意外死亡。

事發當晚阿俊在便利超商上夜班，整夜的監視錄影畫面成了不在場鐵證。

加上他父親經常偷兒子錢財的紀錄，鄰居當晚也確實聽見屋內有翻箱倒櫃的騷動聲，現場找不到什麼線索，被撬開的門和破壞工具全只有阿俊父親的指紋。

最後檢察官以死者回來竊取錢財時，不小心滑了一跤致死來結案，屍體則發回讓家屬自行處置。

他坐在陽台點燃了菸。

「我家應該沒有千元大鈔才對。」阿俊坐在隔壁的陽台，朝他伸手。

他把菸盒丟過去，「誰知道。」

阿俊點火，以若有所思的表情看著他。

之後兩、三天，阿俊都在努力把房子裡的垃圾往外清，因爲看他沒事幹，也拽著他幫忙清掃。

屍體就隨便找了間廉價的葬儀社代爲火化。

阿俊拿到不知道是眞的裝骨灰還是麵粉的罈，又花了點錢，託人帶去海上全倒光了。眞的要說，他沒有隨便掀個水溝蓋倒進去已經算很對得起那個垃圾了。

「喂，你最近應該沒有再遇到你爸了吧？」

「嗯。」

「怎麼打算？」阿俊一邊釘著房屋出售的招牌，一邊問，然後暗暗想著與上次那個奇怪藍眼睛的約定時間還有兩、三天，這次一定要趕快把事情處理掉。

「還在想。」他看著手機簡訊，慢慢按著。

「人生很多意外。」阿俊彈掉菸灰，擦掉滿臉汗，拍了拍出售的牌子，「你看我老子就知道了，誰都不知道下一秒會發生什麼事情對吧。」

「嗯。」

「喂，你覺得我們被生下來是爲什麼？」

他轉過去，看見阿俊臉上難得出現迷惑，那是對於己身的不解，還有不明白世界爲何給予他們這樣的殘酷，「不想乖乖被打就得回咬，不是跟狗沒兩樣嗎。既然這樣，他們當初不如去養條狗，何必把我們生下來。」

「不知道，但是我們沒錯。」

「幹。」阿俊笑了，「對，錯的是他們，不管是跟外面生雜種的賤人或是把人當狗打的畜生，自己錯不敢承認，說得好像全都是我們錯一樣，我們到底哪裡不對！」

實際上，或許他們也沒錯。

他怔怔地看著藍色的天空，吐了口煙。

每個人都沒有錯，他們只是不想愛多餘的東西，比起別人，更愛自己而已。

「喂，如果我房子順利賣出去，你上學校的錢我出吧。」阿俊吸了口菸，掛在窗台上，「然後我就可以跟人家講我弟讀書很厲害了。」

「嗯。」

「我不姓張了，你也換個姓，最好是名字也可以全都改掉，我們不要當賤貨也不要當畜生的小孩，我們當自己。」

「嗯。」

✧

他看著手機簡訊。

被踩斷的手指還隱隱作痛，後來他去了醫院，指頭用石膏固定，說要一陣子才會好。

在飲料即將喝光時，一道黑影出現在他面前，一屁股在空位坐下。

「我還以為你真想找死啊，以為逃開，老子我就找不到你嗎。」男人呸了聲，少了手指的手摳著下巴，臉上露出讓人感到不舒服的笑，「小昕啊，老爸我也不是要害你什麼。你想想，你那麼年輕，少掉一、兩樣東西也不會怎樣，這樣起碼可以幫你老子還掉一筆債，做人子女不是應該要孝順嗎，這就是用得上你的時候了。」

「怎樣也不夠四百多萬吧。」他點燃了菸抽著，滿滿瘀青的腹部感到一陣噁心的疼痛。

「先還一點，其他的總有辦法。」男人看著幾年不見已長得滿不錯的兒子，想著應該可以談到挺好的價碼。搞不好，還能多拿點錢讓他過一陣好日子。

幾年前因為沒有按時交貨被剁手指，要不是這小子得完好無缺地去抵債，他早就在第一天遇到時狠狠打死他了，也不可能像現在兩人坐在這種飲料店裡好聲好氣地說話。

「……很久以前我們全家去過遊樂園，我幫你這次之後，可以回到以前那樣嗎？」他看著，白色煙霧後的男人像是戴了層面具，始終沒有脫下來過。

男人幾乎馬上點頭了，「你就乖乖去報到，出來後，看你要去遊樂園還是要叫兩個來喝酒爽一下，老爸都讓你去。」

「我們一起去。」他站起身，把兩張門票放在桌上，「現在。」

男人立刻皺起眉。

「放心，我沒有要搞什麼花樣。」

然後，他們搭了接駁車，前往一個多小時車程的遊樂園區。

男人怕眼前的人又跑掉，盯得很死，不管是遊樂設施還是風景區，幾乎都緊跟著監視。

「你欠了四百多萬，不夠的打算怎麼還？」他看著無人搭乘卻正在飛馳的雲霄飛車，坐在一邊的長椅，聊天般地再度詢問。

男人當然不可能老實說出「把你全身可以賣的東西賣光後再打算」這樣的話，「就逃啊，其實你老爸我也沒有完全還清的打算，那群吸血鬼，明明才借一百萬，結果翻成四百多萬，鬼才要還清。」男人頓了頓，繼續說：「你幫完老爸的忙，我們一起躲遠遠的，不要被找到就好。」

「你會跟以前一樣疼我嗎？」或是說，會像許久前一樣當成手心上的寶嗎？

他們出生時都被寵愛過，即使只有短短幾年，但那些日子曾經存在。

「當然會，你乖一點，辦完事情，我們兩個有多遠走多遠，父子一起旅遊也不錯……等等老爸的手機響了。」說著，男人匆匆避開接起手機。

沒多久，男人回來了。

這次搶在對方開口前，他先說話：「我有點累，先回我的租屋吧，這幾年我也存了點錢……後天我去領給你，看能還多少就先還多少。」

沒想到對方居然可以合作到這種地步，男人簡直笑到闔不攏嘴，「好、好，先回去、先回去。」接著兩人就往樂園出口走去。

他站在男人身後，以最輕微的動作從對方外套口袋抽回自己正在錄音的錄音筆。

「怎麼了？」男人轉頭。

「沒事。」他微笑。

✧

「你欠的錢什麼時候要還，繼續跑給我們兄弟追的話，當心腳趾會跑丟。」

「大哥、大哥拜託一下別這樣，先給你報告好消息，我那個兒子找到了，就是幾年前說要給你們的那個……對對，長得還不錯，這幾年應該也吃住很好，看起來營養都夠，就跟之前講好的一樣，你們要拿哪裡就拿哪裡、盡量拿，眼睛心臟都可以，有多少用多少……價碼喔，當然可以抵越多越好，那個債喔，就給個優惠啦……當然當然，看到貨你會滿意的。」

他重複聽著存在手機中的錄音。

一次又一次地重播，聽完再重播，然後再重播。

塞在啤酒罐的菸蒂滿了出來。

接著屋子的門被打開。

「喂，你怎麼會在我家？」跟人家換班上大夜的阿俊提著一袋東西走進來，有點詫異。

「我爸在我家睡覺。」他按掉了手機。

「幹！我去宰掉他！」沒想到對方竟然追到這裡，阿俊整個火就要冒出來，衝到廚房抽菜刀直想殺到隔壁。

「是我叫他來睡的，不過剛剛給他喝了摻有安眠藥的水，一時醒不過來。」

阿俊停下動作，疑惑地看著對方，「幹你腦子壞了喔，叫你爸來這裡？你是真的想死吧！躲著不就好了嗎！」

「……人生會發生什麼事情，真的很難說。」他露出微笑。

「幹！不要轉移話題，你是在想什麼啊！」相較於對方的悠哉，阿俊一把火快燒穿腦袋了。

「也沒想什麼……對了，超商不是可以寄宅配嗎？」

阿俊從袋子裡拿出過期的泡芙遞過去，點燃了菸，「對啊，你要寄什麼？」

「給客戶的東西，明天我弄好，你幫我寄一下可以吧？」他打開袋子，嚼著有點甜膩的小點心，「用最快的方式寄。」

「安啦，這麼急的話我幫你拿去快捷，你客戶下午就拿到了。」

「嗯。」

阿俊想了想，開口：「你這兩天住我家好了，你老子應該沒想到你會住在隔壁，我會想辦法把他趕走。」

「嗯。」

✧

還有兩天。

寄出快捷後，阿俊看著自己的存摺，這幾天因爲把那個死老頭處理掉也花了一些錢，本來還有三十六萬的戶頭裡只剩下二十多萬。

他其實不是很確定那個藍色眼睛的青年到底有沒有辦法，對方實在太年輕了，而且他打聽過，以前的老大也說不知道有這號人物……而自己僅曉得對方可能很會打這種事情。

但他總覺得對方給自己一種熟悉感。

不是說臉的感覺——青年的氣質太好，臉也長得很不錯，眞會讓人錯以爲是哪個偶像明星——是他看人的眼神與隔壁的小弟還眞有點像。

都是種難以形容的淡漠感，他們似乎都不活在這個世界上，都是從其他地方看著這裡，但青年的眼神更刺就是了。

阿俊覺得搞不好青年曾殺過人，因爲以前老大身邊有養幾個是眞的要動手的，他們也有類似的冰冽感。

他就是因爲那股感覺才開口問對方的。

「幹，還要等兩天。」垃圾都已經找上門了，不知道還能不能拖。

雖然很急，但也沒辦法讓時間快轉。

當初他從老大那邊離開時發誓過要洗白，手絕對不能髒，不然他也不必買人殺他老子，自己動手就好。

但是，如果是不小心的呢？

接下來的一整天，阿俊在超商時一直想著要怎樣製造各種意外，在夜校上課時也在想，整個人出神到完全沒聽見老師在說什麼。

好不容易給他想到幾個不著痕跡的方式，阿俊連忙去五金行買了些必需品，晚上十二點才回到家。

遠遠地，他注意到住處附近有好幾輛警車。

「發生什麼事嗎？」阿俊心底一冷，連忙上前詢問。

因爲幾天前才來過，員警還認得他，「喔，你放學囉？你隔壁剛剛出了點事，附近的鄰居打電話來報警。」

「出事？」

「對啊，晚上大概六、七點左右有流氓闖進你隔壁住家，好像架走人，警方接到報案，現在正在追查。」員警指向他家的方向。

阿俊腦袋一片空白，不顧員警阻攔，急急忙忙地直衝回住處。

不應該是這樣的吧！

太快了！

他砰砰砰地大聲衝上樓，看見隔壁的門是打開的。

有那麼一瞬間，他覺得自己差點虛脫。

以爲被架走的那個人站在門口，手上纏著層層繃帶，臉上也還有些擦傷，一旁的員警正在做筆錄。

「是的……被架走的是我爸，已經很多年沒看見他了，聽說他欠地下錢莊四百多萬，我也是前兩天才遇到他的。」

阿俊站在門邊，聽著對方告訴警察的話。

「因爲他一直拜託我先借個地方給他住……所以才讓他住我家，下午我正好跟工作上的人見面，也是剛剛回來才聽到鄰居說有流氓闖進來……身上的傷是昨天不小心被打的……我爸從以前就會喝酒，沒什麼……」

警察又問了幾個問題，旁邊一些員警正在來回檢視被砸破的大門和被搞得一片混亂的屋裡，部分可疑血漬已經快要乾涸。

「好的，這兩天如果有什麼問題我會立刻聯絡警方……」

阿俊就站在那裡，看著員警闔上筆記本，傻眼。

要賣兒子器官的渾蛋就這樣消失了。

✧

他點燃了一根菸。

「喂，那些流氓是怎麼知道你爸在這邊啊？」

阿俊坐在陽台上問道。

「不曉得，可能跟在他後面吧。」他看著白煙消失在風中，「下週我要搬家了。」

阿俊愣了一下，有點錯愕地轉過去瞪著對方。

「存摺裡面沒錢了，房東大概會來趕人。」

「……你是把錢都花到哪裡去了？」

他笑了笑，沒回答對方的問句。

「反正，現在開始過自己的日子就好了。」他再度呼出口煙，把菸蒂塞進啤酒罐裡面，

「你的雞排攤開張後，我再找時間去光顧。」

「你有打算？」阿俊想著，應該沒有必要再去找那個藍色眼睛的青年了。

「透過一些關係拿到個工作機會，大概會去那裡吧。」他隔空把菸盒扔過去。

「要去學校讀書啊，說好學費我付。」阿俊接住，打開後看見菸盒裡滿滿都是廉價的汽水糖，「幹，現在還買得到這個喔！」

「嗯，一大包幾十塊。」他剝開包裝袋，把汽水糖塞進口中，沒有正面回答學費的事，

「Trick or Treat。」

「什麼？」沒有很注意聽的阿俊只聽到一句英文。

「不給糖就搗蛋。」

「幹，你以爲是萬聖節喔。」阿俊笑了幾聲，拿出幾顆糖，把菸盒丟回去，「我說眞的，房子賣掉之後，你回學校去吧。」

他也跟著微笑，「我再想想。」

反正，現在已經沒有惡靈了，要去哪邊都可以。

他們可以拿下面具，自由自在地行走。

阿俊接住隔空飛來的啤酒罐，默默打開，喝了一口，「其實，我爸和你爸的事情，都是你動手的對吧。」

莫名其妙被插穿肚子，突然出現在他家的幾張千元大鈔；莫名其妙被流氓拖走，還有存摺裡消失的那筆錢。

他笑著，點燃了新一支菸，廉價的白霧飛入夜空之中。

「不要像我一樣。」

阿俊聽著隔壁傳來熟悉的話，沉默了。

他們都沒有錯。

只是每個人都想要活下去，每個人都要先保護自己，以自己優先思考，所以必須努力爭取存活下去的機會才行。

他們都沒有錯，這只是生命的惡作劇而已。

生命不是給你糖果，就是給你搗蛋。

「你到底寄什麼出去？」阿俊直覺覺得那個快捷包裹有問題。

「交易的貨品。」

一大早就寄出，中午或下午就會收到了吧。

打開時，應該可以看見他放在裡面的一百萬和紙條，以及剪輯過的ＣＤ片。

「逃啊，其實你老爸我也沒有全還清的打算，那群吸血鬼，明明借的才一百萬，結果翻成四百多萬，鬼才要還清。」

「之後，我們一起躲遠遠的，不要被找到就好。」

紙條上寫著詳細的藏身地點和幾句話。

從角膜到心臟都行，隨便你們用，剩下的三百萬他自己全部抵債。

他們都沒有錯。

所以只能先想辦法讓自己繼續存活。

戴著面具的惡靈站在門口，朝人們發問。

他將夾著菸的手放在眼睛上，透過手指看著黑色的天空，「Trick or Treat。」

可惜，他們想要愛的人選擇的是搗蛋。

# 04

隔壁的男孩搬走了。

阿俊看著空蕩蕩的屋子，對方一個招呼也沒打，就這樣突然不見了。

廉價的白長壽淡菸夾在窗台上，像是替代道別。

「幹！幹幹幹——要走是不會講一聲喔！」他把揉爛的學校簡介用打火機燒了，然後坐在陽台上點燃香菸。

天氣開始變冷了，居然這種時候走掉。

幹，他才想說要去弄個香雞排的攤位，先實驗看看要怎樣做最好吃說。

幹，第一塊本來想要請他吃。

幹，還想跟他說飯不夠吃可以用雞排餵飽他。

按熄了菸蒂，阿俊也待不下去，穿上外套走出冰冷的屋子，下意識地走到附近那家賣麵線的攤位，生意一如往常地好。

天氣一冷，想要小補一下的人更多了。

阿俊點了碗當歸鴨，腦袋空空地看著川流不息、人來人往的陌生客。

然後有人在他的對面坐下。

「不好意思，借我坐一下喔。」露出大大笑容的是個男孩，揹著個畫板，看起來年紀滿小的，笑起來單純可愛，看著讓人跟著放鬆了，「我朋友去附近辦事情了，他說這邊的東西好吃，叫我來這裡等。」

「隨便。」阿俊稍微環顧四周，每張桌子都坐滿了人，難怪對方會選這邊。

男孩很有朝氣地向老闆點了碗米血麵線後，笑嘻嘻地拆開衛生筷，「沒想到少爺居然會在這種地方吃東西，好稀奇。」

阿俊瞄了眼自言自語的小孩子，低笑了聲。

又是一些倍受寵愛的小孩吧，居然連個路邊攤都感到稀奇。

阿俊突然發現，他連隔壁的叫什麼名字都不知道，從頭到尾他都叫對方喂，現在就算想託人打聽也找不到人了。

男孩東西吃到一半時，來了另一個人。

看見男孩所謂的朋友時，阿俊著實吃了一驚。

藍色眼睛的青年好像也不意外會在這邊遇到他，面不改色地坐了下來。

「上次那個……」因爲之前和對方約了，結果放人鴿子，阿俊有些尷尬。

「沒必要對吧。」青年點了一樣的米血麵線，冷冷地開口。

「嗯。」不知道爲什麼，阿俊隱約覺得對方好像一開始就覺得事情會處理好，不用他出手，不然也不會有那個十天的期限。

「少爺，你們認識喔？」男孩左右看了一下，一臉興味地笑著。

「不認識。」

接下來氣氛變得死寂，阿俊完全無法與對方攀談，對方很快就把東西吃完，不過不知道爲什麼，這次吃完又去跟老闆打包了十人份，看得一旁的男孩都咋舌。

「你那個朋友託我帶話給你，說他以後叫衛。」

阿俊猛一回神，只聽見對方遺留在空氣中的話語。

男孩與青年消失在黑暗的街頭之中。

◇

「阿俊？」

阿俊猛地清醒過來，這才發現他在學校的自習課打瞌睡了，幾個女孩瞪著他。

「歹勢，這兩天在便利商店比較累。」他抹抹臉，咳了聲。

「剛剛說到這次萬聖節要跟學弟、學妹們辦個活動，今年已經是三年級了，雖然是夜校，但明年大家都要畢業了，作個紀念。」長相可愛的女孩認眞地用筆畫著自己的筆記本。

阿俊知道她，他們同班，女孩叫作小琳，單親家庭，跟媽媽住，平常早上也得工作，不想放棄學業才來唸夜校，是個很認眞的好女孩。

「你們決定就好。」他對這種活動實在不太感興趣，然而這堂課每個小組一定要一起辦場活動才能順利通過。

「厚，連一點意見都沒有喔！」幾個女生又開始嘰哩呱啦地聊起來。

接著，下課鐘聲響起。

「那阿俊，你在超商打工，幫我們看看糖果進價可不可以便宜一點囉。」小琳笑嘻嘻地分派任務給他。

「好。」

他拎起背包，打算回家睡大頭覺，明天才有精神去跟店長殺價。

因爲那個垃圾死了，他突然不太缺錢，也不用再去伺候那些拿錢塞他內褲的女人們，一下子多了很多時間可以好好休息。

「阿俊。」

小琳追上來。

「幹啥？」

「你要練習喔，Trick or Treat，要會講喔。」小琳很認眞地看著他，黑色眼睛大大圓圓的，充滿了專注，「Trick or Treat－。」

他伸出手，站在面前的小琳在他的注視下也莫名其妙地伸出手。

一把廉價的汽水糖落在女孩乾淨的手掌上。

如果他以後有小孩，會給更多的、糖果和愛。

## 05

「這就是你們老爸我年輕時代的往事。」

站在他面前的兩個小孩眨著大又黑亮、完全遺傳自媽媽的眼睛，像星星一樣發亮，很可愛。

阿俊看著在雞排攤前的漂亮老婆，然後左右手各抱起已有點分量的雙胞胎兄妹，放到一邊空位上，「來，小衛小糖，如果看到把拔的乾弟弟要叫啥？」

「叔叔！」剛滿兩歲的小孩們異口同聲。

「把拔的前大哥呢？」

「歐吉桑！」

小琳站在攤位前不斷狂笑。

「你們叫大哥歐吉桑會被斷手斷腳啊喂！」他把兩個小鬼搔得大笑亂扭。

「誰教你都跟小孩說黑車裡的歐吉桑是把拔的大哥。」小琳噗嗤了聲，又笑了起來。

「幹，前面的稱呼當然不能被聽到啊，不然老大可能會把我當雞排炸了。」阿俊摟過自家老婆先親一口，然後再把兩隻又開始不安分亂爬的小孩抓回遠離油鍋的地方，開始給雞排按摩、拍炸粉，「兩個小的好像又長大了，再存幾年應該可以買間獨棟的中古屋吧，到時把妳老母也接過來住。」

「嗯。」小琳笑得甜甜的。

「我去買個喝的。」阿俊搖著保溫瓶，裡面都空了，他架起兩隻沿著他褲管要爬上來的小鬼，一起拖去附近的超商。

畢業後他就頂了個雞排攤，攤主技術轉移，他就以那份祕方單不斷實驗，一大包一大包送去他前大哥那邊給眾小弟試吃，把小弟們都餵到肥肥胖胖的，幾個月之後在眾人票選下，終於做出了最好吃的雞排。

在老大還沒因天天聞雞排聞到抓狂抄刀砍他前，阿俊就歡歡喜喜地開業了。

接著小琳點頭，兩人結了婚，婚後兩年繁殖出一對雙胞胎。

現在他的收入穩定，還有蒸蒸日上的趨勢。

他偶爾會想起已經賣掉的房子，還有那個陽台。

他始終沒再見過對方。

只有在雞排開業時，有人送來了十幾個花圈。

「叔叔、叔叔！」抱在胸前的小糖指著便利超商旁邊，胡亂地叫。

「妳這個小色女，不要看到年輕好看的男人就叫叔叔。」他掐住小鬼的臉往旁邊捏，「長大要是給你老子亂勾引男人，老子就去把對方斷手斷腳。」

「叔叔！」趴在背後的小衛也伸長手，指著同一個方向。

阿俊跟著看過去。

附近站著一個全身穿黑衣的青年。

青年沒說什麼，抬起手，拋來一盒白長壽淡菸。

「幹，恁北戒菸了啦。」

他只覺得視線有點糊糊的，前後兩隻小鬼還在那邊叫叔叔。

「嗯，我知道。」

打開菸盒，裡面是滿滿的廉價汽水糖。

「喂！」

在對方轉頭要離開時，阿俊先開口：「有空要回來坐坐啊。」

「嗯。」

接著，黑衣青年就這樣消失在街頭轉角。

「糖糖。」

小糖伸出手，要挖菸盒裡的糖果。

他把汽水糖分兩半，小糖和小衛一人一半。

現在突然很想再抽抽白長壽淡菸。

看看白色的霧氣從嘴巴呼出之後，消失在空氣中的畫面。

「叔叔掰掰。」

小糖用力朝陌生人離開的地方揮手。

就像煙一樣，消散在風中。

〈Trick or Treat！〉

# 死掉的遊戲

我有兩個徒弟。
一個是執行者。
一個是殺人者。
前者不聽從命令。
後者只傾聽命運。

如果你要掏錢抹生命，最好選擇執行者。
如果你無法交代事理，最好別找殺人者。

我有兩枚硬幣。
一枚印著天使。
一枚印著惡魔。
一個遵循自己。
一個判斷考慮。

# 8 .FLOOR 298

如果你要將人命當遊戲，以金錢來囂張任意奪取。
那麼最好就要小心。

01

## 聽聽老闆的故事

我有一個員工，跟著我幾年了，是我得力的助手。

眞要說的話，現在失去這個員工，一定會造成公司非常大的傷害，但如果繼續留著他，肯定會在將來造成公司的危機。

我可以很自豪地告訴你，我是個非常好的老闆。

我把身邊員工都當成自己人，只要他需要幫助，不管是什麼要求我都會盡量滿足他，例如你看，那個誰誰誰私下訴苦說自己窮，所以我就幫忙支付他上網的費用，還有我手下的主管，上次他看中一支昂貴的錶，也是我叫人去弄回來給他，就是爲了讓他們工作效率更好。

你看我對這些人這麼好，居然還一個個想背叛我。

我將所有私事都與他們分享，沒想到居然私底下抹黑我。

好了，現在我來告訴你爲什麼我會透過關係找上你。

這個員工一開始是主管介紹給我，我用很大的誠意才讓對方跳槽過來，甚至自己跑一趟到對方住處附近，邀他出來吃飯。這樣親自過去，已經算是很大的誠意吧，沒幾個人會做到我這樣吧。

我告訴你，他也不過只是個剛出社會的新人，是我先看中他的能力，是我才可以讓他好好發揮，你看就是我大膽放手所以公司才能成長，證明我的眼光和方式沒錯。

不過，這個人知道太多祕密了，而且我發現他背叛我的誠心，竟與其他公司有所往來。

根據我的調查，這傢伙甚至每個月都會去幾次那家有名、超昂貴的餐廳，坐在裡面大吃大喝的……一般工作的薪水經得起他這樣吃喝嗎？何況他的位子還是高級的二樓包廂。

他肯定挖了我們公司不少錢，在我看不見的地方揩我的油，像隻老鼠挖牆角偷東西。

啊啊，難怪我們公司最近一直無法繼續拓展。

肯定是這樣的。

你看，這樣恩將仇報的員工，該怎麼辦才好。

咦？你問我爲什麼這樣就要花錢殺掉他？

我還以爲殺手不會這麼多問題。

既然你都問了，我也可以告訴你。

因爲他知道太多，如果這個人又去其他公司，反過來打垮我的公司怎麼辦？

看你年紀輕輕的，大概也不懂何謂資源調度。

沒有用的人，最好就清理掉，但是如果他還有用，你就要小心被他反咬，最好的方式就是要讓他再也咬不到。

懂嗎？你懂嗎？

花個幾十萬就可以讓他蒸發，好過以後花幾百萬收拾被他背叛的損失。

如果要找個讓他死的理由，就是他不應該帶著才能去別的地方。

對了，要是你可以完美地辦好這件事情，說不定我也可以額外送你點小禮物喔。

✧

了解嗎？

了解嗎？

這是找上殺人者的工作。

「媽媽，有小丑耶。」

抓著海綿寶寶氣球的小女孩指著公園中被圍觀的彩色小丑，興奮地叫著：「小丑耶！」

母親的視線跟著孩子看向了那個沒見過的陌生小丑。大概是哪邊的街頭藝人吧，行頭裝扮看起來很不錯，有一定水準，看起來像是在舞台上表演的那種，怎麼會在公園裡表演呢？這年頭啊，經濟不景氣，看來又是個劇團表演者跑出來兼差。

幸好自己沒用的丈夫還有份穩定的工作。

「可以去跟小丑玩嗎！」小女孩的眼睛睜得大大的，閃著像星星一樣的光。

母親無法抗拒要求，只好點頭，在小女孩跑遠前不忘吩咐：「不要跟小丑太靠近喔！」

女孩揮著手，跑過去了。

母親在一旁長椅坐下，嘆了口氣。

那個小丑身上一定很髒，那麼多人摸過抱過，也不知道別人家小孩身上乾不乾淨、有沒有口水；他一整天下來一定也流了很多汗吧，在這邊表演沙塵也多，回去一定要先好好幫女兒洗個澡、消個毒，才不會生病。

接著她發現不遠處的鞦韆上坐著個正在和人聊天的青年，看起來大約二十多歲，黑色衣服黑色短髮，臉上淡漠得一點表情也沒有，但身邊圍繞著幾個沾滿泥土的髒小孩。

大概聊完了，青年和友人揮別，幾個小孩跑向青年，嘻嘻哈哈的，青年突然露出個淡淡的微笑，從口袋裡拿出菸盒給他們。

正想上前斥責時，她才發現小孩們把菸盒倒過來，掉出來的都是汽水糖，那種廉價到她看都不想看一眼，也不會買給女兒的糖果。

「雅雅！不准拿！」眼尖地看見女兒跑過去想跟著要糖果，她立即大聲斥喝，不遠處正在聊天的家長和小丑都投過來一眼，她無視於其他人的目光，直朝女兒擺擺手，加重語氣。

女孩嘟起嘴，跑回小丑附近。

就在這時，一輛黑色轎車從公園外失速衝撞進來，完全沒有減速便撞上了人群。

車從小丑身邊擦過。

三個小孩被摔倒的小丑絆倒，滾到旁邊的草地上。

兩個小孩被撞開來。

一個女孩被捲進車裡，拖行到撞上水池爲止。

紅色的血在地上拉出像是長地毯般的痕跡。

母親尖叫了。

不過，先到這邊爲止。

這是等等的故事了。

坐在鞦韆上的青年看著四周家長衝了過來，各自抱住自己的孩子們。

然後人們幫忙抬起車，憤怒的數隻手從車上拽下喝得醉醺醺的人。

一團慌亂中，被移開的車底下終於出現被絞得支離破碎的女孩。

沒救了，完全沒有了。

在救護車到達前，青年已從公園離開，只留下整群的父母們與孩子。

抱著小孩的母親發出尖叫般的哭號聲。

「殺了他！我要殺了他！」

懂了嗎，其實想要讓人死掉是很簡單的念頭。

隨時都會有。

那接下來，是殺人者的委託了。

# 02

在這個地區，有一間知名的餐廳。

它很貴，非常地貴，這是給人的第一印象。

接著是裝潢很美，但如果是高價位，這種相對的裝潢也理所當然，每個人都會這樣說，所以不算什麼。

不過這家餐廳，貴是因爲食材。

最新鮮的食材不曉得用什麼方法，從世界各地第一時間送達此處，以及擁有能夠料理那些珍稀材料的高級廚師，從前菜到甜點無一不精緻，識貨的人一眼就能明白餐盤上的價值。

有錢還不一定能吃到的東西在這邊就有，但你還是不一定能花錢就吃到，因爲比你更有錢有勢力的人多得是。

這就是它貴的原因。

「小衛，今天開始你就負責樓上的特別客人吧。」

領班這樣告訴新一批訓練出來的服務生之一，是名手腳俐落、相當聰明又長得不錯的青年，重點是，對方從面試至今完全沒有抱怨；不論是有些嚴苛的職前訓練，或是教官嚴厲的話語，在大家私下難免有所怨言時，他一句也沒說過，臉上有禮的微笑始終沒有消失過。

訓練結束後，所有教官幾乎都給他好評，於是領班特別留意這名新人，有意地爲他提供機會，等著看看他會不會好好把握。

要知道，能坐得起上面位子的客人，可都有一定背景，跟著見識見識增加經驗，對這些剛出社會的年輕人來說是最好不過。

「好的。」

黑髮青年點點頭，露出淡淡的微笑，適度的笑容給人親切感，但又不會流於諂媚，確實表現出服務的專業度，這是員工訓練教導的。

「對了，2A貴賓室的那位客人是我們老闆的朋友，服務上要特別小心一點。」

「好的。」

領班又交代一些熟客要注意的事項之後，就放手讓他自己看著辦了。

青年看著樓上隱蔽的特別區。

別以爲高級餐廳的客人素質就會好。

錯了，雖然某些客人的素質是不錯，然而還是有不怎樣的。之前在訓練時，他也見過一樓有客人吵吵鬧鬧的，無視其他人的用餐權益，喧鬧得讓服務員勸阻了兩、三次。不過不曉得是餐廳老闆有篩選過，或是必須有怎樣的條件，能在二樓包廂用餐的客人素質都非常好，並不是那種隨便有錢人就可以上去，也不是什麼政商名流專用的座位。

青年甚至看過普通的上班族在二樓包廂用餐。

領班告訴他們，那些都是老闆的貴客，大多也是餐廳常客，一定要更用心地服務才行。但是被特別指明要注意的，就只有2A包廂的那一位。

殺人者第一次看見這位客人時，就已經鎖定目標了。

那是很年輕的客人，可能只有二十七、八歲，看起來未滿三十，總穿著襯衫和牛仔褲，進門時熟稔地向服務員們一一打招呼，每個人見到他都笑吟吟的。

青年一共服務過這位客人三次，時間非常接近，也顯示客人的消費能力並不低，即使他從來沒付過現，都是將卡遞給領班，不假他人之手。

客人很親切，替他介紹餐點時也不會有特別的意見，有什麼就吃什麼，飯菜從來不會剩下，還會讚美廚師和服務生們，是個服務起來非常愉快的人。

這就是用幾十萬要抹除掉的人命嗎？

靠在廁所牆邊，青年拿出菸盒，思考著。

「咦？沙士糖嗎？」

驚訝的聲音在開門聲後傳來。

他轉過頭，看見客人站在門口，便連忙收起菸盒，「抱歉，失禮了。」以客爲尊、以客爲尊……

「不用緊張，我不會打小報告的。」客人爽朗地笑了笑，圓圓的眼睛裡是神采奕奕，看起來是對自己相當有自信的人。「我記得你叫衛對吧，前兩天是你幫我服務的。」

「是的，您還給了不少小費。」青年連對方的用餐習慣、小動作都記得。

「不要用敬語啦，我叫作明澄，私底下叫名字就好了。」客人比個不用介意的手勢，先走去小便池，但嘴巴仍在繼續，「最近都麻煩你們，早就跟阿紀說過不用專人服務，直接給我飯菜就可以了，每次都要這樣大費周章……對了，你們的菜單和服務語我都快背起來了，下次就不用再整套介紹，直接給我好吃的東西就行了。」

青年有點失笑，「這個，程序上有點問題。」他現在有點難把對方和虧空公款之類的險惡陰謀劃上等號。

「程序是什麼鬼，當然是輕鬆方便最重要。」明澄走到洗手台洗手，「我會向阿紀打個招呼，下次不用再介紹菜單，好囉唆。」

阿紀是這家餐廳的老闆，青年記得他和白色旅館的老闆也有認識。

「您似乎和老闆非常熟稔呢。」青年看著明澄的一舉一動，既然人自動送上門，他也樂得隨口打聽。

事實上，明澄現在全身上下都是破綻，他起碼有十種以上的方式能讓對方死得不明不白，甚至令人只會以爲他是單純意外身亡，例如讓他在廁所中打滑、重重撞到門框後顱骨破碎，或是讓他撞在鏡子上，破碎的鏡片正好割斷他的頸動脈。

「也還好，他是我大學同學，不幸地還同寢，學生時代打個遊戲他都要叫我幫他救本。畢業時我們打過賭，如果我提出的方法讓他成功經營，他就要讓我免錢吃一輩子。」明澄伸出手，從青年的制服內袋中拿出菸盒，敲出糖果，非常自然地剝開糖果紙，吃糖，「眞是懷念的味道，小時候最常吃這個。」

「很便宜呢，幾十塊一大包。」

「是啊……那就多給我幾顆吧，我住的地方幾乎找不到。」

「咦？您住在哪邊呢？」

青年就這樣很輕鬆地拿到了對方的地址。

那是有些遠、在市區外的地區，但安靜清雅，已經高價賣出許多別墅，青年的地址就是其中之一。

就一個上班族來說，那是相當貴的地段。

在廁所送走客人後，青年將菸盒收回口袋中。

接著，他聽見一間廁所裡傳來沖水聲。

從剛剛就注意到第三者的呼吸聲了，這也是自己沒動手的原因之一吧。

領班從廁所裡走出來，邊拉著皮帶，還一邊抱怨今天早餐不知道吃了什麼，拉肚子拉到現在。

青年知道領班一定聽到了所有對話。

「爲什麼那位先生還刷卡付帳呢？」

他的確是說，免錢吃一輩子。

這樣在這邊花大錢消費的理由就不成立了。

「孩子，放機伶點，人家刷的全都是給你們的小費啊。」

領班如是說。

✧

聽聽員工們的故事

我們的老闆，非常搞不清楚狀況。

不管你去問主管、經理，或是掃廁所的歐巴桑，都會這樣回答你。

至於不是這樣回答的人，大概就跟老闆一樣搞不清楚狀況、牆頭草。

我們的公司，是由一半正職者，和一半外包專員組合而成。

爲什麼是這樣的模式呢？

因爲老闆認爲有時候並不需要那麼多人手，大月時簽約委外，小月時僅靠固定員工，才可以精準控制人力和預算。

除了基層正職員工，我們幾位專案企劃、特助，也都是委外找來，於合作結束之後……我想應該說是他們會的部分被員工摸光後，就被解約了。每次招進外人，老闆就會特別要求正職員工要在最短時間內學會他們那一套，學不會就是自己走人。

簡單來說，我們委外的合作者通常只來公司一段時間，合約時間到了，便各自離開；若是有比較優秀的人，就會再延約繼續合作一段時間。

在這些其中，有一位年輕人待在這裡已經有段時間。

他始終都是簽約特聘的企劃，幫公司計畫了不少商品開發案並提出新穎點子，合約被老闆一延再延，早已超過原本說好的短期時間。

我不得不提一下，這位年輕人似乎是主管的高中好朋友，因爲公司壓力，當初被主管死皮賴臉拜託求來的，聽說在業界中很有名；年紀輕輕的他有個很會企劃的聰明腦袋，大學還沒畢業就已拿到無數獎項，一畢業立即被各方招攬。我們也見識過他的能力，眞的非常強，不管再怎樣無聊的案子，只要經過他的構思，都變得超級有趣，業績也會增加好幾成，不少合作廠商都指名要請他負責計畫案，讓我們公司一下子賺進了不少錢。

但是年輕人始終是特聘的，當初也說好因爲另有安排，所以時間一到就會離開。同事之間相處一段時間，大家都知道年輕人最大的興趣就是到處旅行、當個攝影師，所以不喜歡待在公司領死薪，就算各家公司開出再高的薪水，他都沒有點頭同意過，僅僅只想當約聘人員。

你要如何要求想要自由飛的鳥綁死在逼窄的制度當中？

不過靠著老闆的死皮賴臉及不斷威脅主管，年輕人還是在我們公司待了不短時間，算算也有兩、三年，中間離開過幾次，都是去國外旅行，回來後又讓倒楣的主管拜託繼續幫忙。

連掃廁所的歐巴桑都看得出來年輕人其實已經不太願意，如果不是看在主管不斷哀求的份上，他應該會有多遠離多遠，最好別再踏進這間其實連聘僱金都不高的公司。

對了，我們老闆還一直堅決認爲對方是他的正職員工呢，直接忽略掉人家合約上的期限，還常常推翻說好的條件，接著一臉理所當然地覺得他出錢就是大爺，無論他有什麼要求，聘僱的人都應該要做到，即使是不在合約裡的條件也一樣。

我記得最清楚的是，有次他還要求青年把其他公司的案子轉給他看，也不想想這舉動多麼無良失禮，結果他劈頭就給青年一句「現在是我給你薪水，你有的一切都是我的資源」，要不是因爲主管緩頰，幫忙從中阻攔，年輕人應該早就被惹毛了吧。

其實也是遲早的事情了。

如果老闆不將人當人，而是當作隨時可以拋棄的工具與資源，員工怎麼在他手下長久？

唉呀？你問小禮物的事情啊？

我可以告訴你，我們都寧願沒收到比較好呢，不然爲了禮物和所謂的老闆人情賣生賣死，太不値得，而且他還會拿這種事情到處說嘴，認爲自己是個會給員工買禮物的好老闆。拜託，他要是好好給我們應該要有的薪水，我們都可以自己去買自己想要的東西了。

上次年輕人收到，臉都綠了，當場查了價格拿現金退還給老闆呢。

更別說老闆常常該說的不該說的都亂說，像是青年是他花重金挖角啦，他優待對方可以經常放假出國啦，連我們合作的外包商都聽過亂七八糟的話，眞是受不了。

聽說，前不久年輕人堅決不再續約，連主管相勸也沒用，他還當面告訴老闆要讓人死心塌地留下來的方式不是禮物，而是環境。

我也這麼認爲。

如果你是他朋友，告訴他有多遠跑多遠吧，老闆現在逢人就告狀說年輕人背叛，從廠商到客戶都聽過他的一套洗腦說詞，呵呵。

他也不想想他偷了年輕人多少東西和創意，在對方不知情的狀況下肆意亂賣，還很自豪地認為他沒有違反合約，只要他出錢就可以隨便他搞。

年輕人還不是看在主管情分下一次次忍了，結果現在老闆不要臉地裝作沒這些事，只想讓全世界都知道他最委屈。

為什麼這樣跟你講啊？

不怕遭到老闆開除嗎？

放心，我已經要辭職了，我寧願先炒掉老闆。

# 03

「少爺！」

正坐在沙發上看電視的青年猛地回過頭，看見一張猥褻的中年人臉，他嫌惡地想拔出短槍朝對方的臉開一槍，但立刻制止了自己這麼做。

「難得看到你一直在旅館裡啊，最近沒工作嗎？」探戈搓著手，有點意外這個很少回旅館的青年最近居然常常出現。

算一算，小老闆的事情也已過了好幾天，現在哈狄絲正在盯著人盡快上軌道，畢竟想要眞正繼承這間旅館，要做的事情還很多呢。

青年冷冷地瞪著對方，把視線放回八樓大廳電視上，這才發現已經換上下一則新聞，正在播報兩個月前一名商人自殺的案子。因爲還牽扯到商人酒駕撞死人的事，直到最近幾天，才在家屬們取得共識後平息下來。

電視上正在訪問受害者的家屬，在肇事者家屬鉅額賠償並至靈前跪拜道歉之下，現在情緒已經緩和許多，也再次透過機會呼籲用路人別再酒駕害人。

「唉喲，別這麼冷漠嘛，好歹你也是我的大客戶，我多少還是會怕客戶跑單咩。」不在意會不會被一槍砰掉的中年人嬉皮笑臉地看著漂亮的臉孔。嘖嘖，如果個性不要這麼難親近，這臉一定可以完美地騙天騙地、騙吃騙喝。

「走開。」在對方往自己身邊空位坐下前，青年直接下了驅逐令。

「好凶猛，好吧，其實要跟你說有客人。」探戈指指大廳入口處站著的黑衣青年，「你師弟來了。」

青年再次抽出短槍，抵在中年人頭上，「馬上給我消失。」

探戈露出悲傷的表情，夾著尾巴淚奔了。

少爺看著黑衣青年，關掉電視，抓抓金色的短髮，有點不太高興地指指另一邊的空位。

青年笑了下，在那邊坐下來，享受著沙發的舒適，「你的目標我已經接觸過了。」說著，他取出個公文夾，放在桌上推過去，「手還好嗎？」

「恢復得差不多了。」少爺張握著自己的左手，點點頭。

「那太好了，不用再繼續接收你移轉的工作。」青年也相當直接地說著：「旅館內的事情應該已經結束了吧。」

「嗯。」少爺翻了下公文夾中的資料，扔回桌上，然後拿了打火機一把火燒了那些資料，「你不打算住進來嗎？」就算哈狄絲不想騰房間，他的房間也夠讓青年使用了。

更何況早在很久之前，阿宿就說過歡迎對方隨時入住這樣的話。

「我喜歡有很多房間的屋子。」青年依舊勾著淡淡笑意回了答案，看著最後一點灰燼消失於火光之中，還有被燒出一個大黑痕的高級桌面。

「怪人。」少爺嘖了聲。

「彼此。」青年也友善回應了。「對了，師父想找我們，他知道你回來了。」

「……哼。」

「怎麼有燒東西的味道？」

從外頭走來的是穿著黑色西裝的男人，挾著讓人一看就覺得恐怖的壓力，沒表情的臉還帶著讓旁人雙腳發軟的威嚴與魄力，光是遠遠看見就讓人想跪下表示敬畏。

不過少爺和青年也只是淡淡地看了眼，並沒有被那股魄力壓倒。

「……長期房客？」第一次看見青年的男人有點疑惑，轉向一旁的少爺。

「不是。」少爺簡單俐落地砸給對方兩個字。

「……不會是你兄弟吧？」

不曉得爲什麼，雖然長相完全不一樣，但少爺與青年卻有相同的氣質，而且身形、打扮還有點像，差異只在少爺是金髮藍眼，青年是黑髮黑眼。

如果少爺像之前一樣染黑髮，相似度可能會更高。

男人稍微打量了下，有點驚歎。

「不是。」少爺再度砸了一樣的字過去。

「我是少爺的師弟，衛。」

青年微笑地自我介紹，「很高興認識您，小老闆。」

「不要叫我小老闆。」

看著被燒壞的桌子，雲武覺得又開始胃痛了。

✧

你想知道車禍是怎樣發生的嗎？

從車底拉出來的小女孩破碎地躺在冰櫃裡，不論組合了多少次，看起來與生前還是完全兩樣，家屬們痛哭著，不明白爲什麼會發生這種事情。

站在門口的黑髮青年推了下眼鏡，冰冷的藍色眼睛環視人群，接著轉身離開。

如果事實像錄影帶可以倒帶，那就會出現以下這段稍早發生的事情。

「什麼！不通過評估？」

殺人還須要評估嗎！

殺人委託者摔了手機，暴跳如雷，沒想到送上門的錢竟然有人不要，這年頭還有這樣做生意的嗎！

他一定要好好抱怨一下這些爛殺手。

手機那端傳來竊笑聲。

你搞錯了喲。

我的徒弟們不是殺手。

一個是執行者。

一個是殺人者。

一個遵循自己。

一個思量判斷。

如果你把人命當遊戲，他們就會陪你玩遊戲，是你自己要開始的——

委託者忿忿地按掉竟然還在冷嘲熱諷的電話。

不過就是殺個人！有這麼難嗎！

雖然不想髒了自己的手，但遇到這種莫名其妙的殺手、還被退款，搞得讓人非常不愉快。他們眞以爲他們有多大能耐嗎，不過就是想要他的錢！貪心、不要臉！他才不會讓這些卑鄙的社會垃圾在他身上多拿到一分一毫。

他突然想到了，要讓一個人消失其實沒有這麼難。

灌了不少酒後，他越發覺得容易，非常地容易，怎麼之前自己這麼笨，要白白把錢送給神經病。

所以他開了車跟在年輕人後面，看見他走進公園，像是遇到認識的人般向鞦韆上一名黑衣男打了招呼，兩個人還閒聊半晌。

刺眼的小丑和一堆礙眼的小孩。

他打了個酒嗝，在年輕人和黑衣男揮手道別時，用力踩了油門。

撞死最好，這種人不要存在最好。

不能爲自己所用的人，能少一個就少一個，否則只會造成危害。

把車內音樂開到最大聲，這是給年輕人的送葬曲。

啊啊，自己眞是個正義使者啊。

聽聽路人的故事

◇

「誰來殺死他！」

爲什麼酒駕的人可以不用償命！

爲什麼他可以交保候傳！

爲什麼他能夠吃得好睡得好！

他在輾死我女兒的時候，踩油門的腳甚至沒有絲毫遲疑！

你知道嗎，孩子誕生時，我們全家有多期盼，每個人都圍繞在嬰兒床邊祝福，小心翼翼地養大，連沾到土都要趕快消毒，就怕女兒受傷或生病，她是大家的寶貝啊！

但是與我們完全沒關係的陌生人殺死了她。

沒有道歉、沒有上香，居然派人告訴我們他可以賠償金錢，當作還我女兒的命。

這算什麼！

告訴我這算什麼啊！

爲什麼法律可以這樣善待殺人的人？

他被短判幾年，如果表現好甚至兩、三年就可以出來，那我女兒兩、三年後可以再長大嗎？

誰來善待我女兒？

你看看這冰冷的箱子內，像是我女兒的東西！

誰來還我可愛的寶貝！

如果老天有在聽，請派人殺死他！

聽到了。

那接下來，是執行者的委託。

✧

總覺得今天眞是幸運的一天。

幸好那個小孩死了，只要好好賠一筆錢和走個法院就可以解決問題。

如果撞癱，要負責養一輩子可是很麻煩的事，不如死掉比較乾脆。那女人的家又不是多有錢，我給她一筆錢當作還她女兒，她家還可以過上好日子咧，看她年輕年輕的，自己努力再多生幾個不就好了。

那些人有什麼好罵的，你看看新聞上撞死人的案件不是一天到晚都在發生嗎？

那些撞死人的也不乏知名人士，大家都是關個幾年意思一下，表現好很快就可以出來了，甚至有的根本不用關。只可惜讓那個年輕人逃過一劫，如果沒有輾到那個小女孩，自己應該是來得及追撞走到水池附近的年輕人，太可惜、太可惜了。

但是總之，還是算幸運了。

大概還要等一陣子才會被抓去吧，暫時先想辦法用關係打通一些管道，說不定還不用進去關呢。

這樣說起來，挺值得去吃頓好的，之後再把公司和錢轉移給自己信得過的人去處理吧。

他突然想起來年輕人常常去吃的昂貴餐廳。

偶爾也花筆大的吧。

踏進餐廳，他看見二樓的ＶＩＰ座位。

喂喂，沒道理那個看起來不怎樣的上班族可以上二樓，我就不行吧！

你們ＶＩＰ要多少錢啊！多少錢我都花得起，給我換到二樓去！

什麼！不能？要老闆同意！

你們老闆是什麼東西啊！

搞清楚狀況啊，現在花錢的是我耶！

喂！那個人模人樣的給我過來！

……好像在哪裡見過你？

算了，給我帶位到二樓，你們餐廳難道不知道什麼叫作以客爲尊嗎！信不信我打電話去媒體投訴你們！讓你們做不下去！

哼哼！終於要帶位了是吧！

眞是欠教訓。

不管是這些人，或是年輕人都一樣。

都是一些讓人火大的人。

✧

「小衛……」

領班有些擔心地看著剛送完其他客人的年輕服務生，怕他無法應付這種特高級奧客。

經理還在聯繫老闆，本來想要讓保全把這種沒禮貌的混帳轟出去，不過服務生新人好聲好氣地說現在用餐客人多，怕讓其他人不舒服。

「好像喝了酒呢，請放心，我帶他上去上面無人使用的包廂吧，以免影響到其他客人的用餐情緒。」青年微笑著說道。

「好吧。」領班朝其他服務生使了眼色，讓所有人各自安撫被驚擾到的其他客人。

青年領著客人，走向了二樓的方向。

轉過彎，樓下已看不見這裡的狀況。

這是餐廳的巧妙設計，爲了維護客人隱私和用餐心情，有幾處都是轉彎之後就無法直接看見包廂內的用餐狀況，相當地貼心。

領班曾告訴過他，這也是明澄的設計，他連室內設計都懂。

「請到這間。」青年打開無人使用的包廂，恭敬地開口。

「還不去拿菜單過來！」

「好的。」

對話大概到這邊就結束了。

領班看見青年走下樓。

「客人呢？」

「似乎酒醉頭痛，剛要求要上頂樓吹風。」青年這樣說著：「我想這樣應該比較好？」

「也是，受不了，老闆如果知道我們讓這種人上去包廂一定會抓狂。」領班搧搧手，看見一個普通穿著的女性走進來，「小衛，這個給你服務吧。」他看見女性手上拿著ＶＩＰ招待券，臉上露出不知所措又很疲憊的表情，似乎生平第一次踏進這裡，想要給自己留下一些回憶。

「好的。」走了兩步，青年回過頭，「對了，那位客人稍後我再上去看看吧。」

「辛苦了，今天多給你加一些津貼，怎麼在人最多的時候才來個奧客……」領班揮揮手，頭痛地去招呼其他客人了。

「謝謝。」

✧

他醒來時，只覺得頭還暈沉沉的。

正想起身，才發現背後一片空蕩，空到讓人全身冰冷，左邊是風還有下方熱鬧的人聲。一轉頭，就看見自己橫躺在該死的女兒牆上，一晃動就會摔下去。

「時間剛好。」

右邊傳來冰冷的人聲。

他看見黑髮的青年，眼鏡下冰冷的藍色眼睛盯著自己看。

「你……你你你想幹嘛……」他完全不敢晃動，就怕自己從女兒牆上摔下，雖然不知道有多高，但絕對不是一、兩層樓這麼矮。

他已經瞄到招牌頂就在旁邊。

這家餐廳，不只兩樓高。

「我沒興趣動手。」青年推了一下眼鏡，坐在旁邊的水塔上，「把你放在這裡的人不是我。」他只是單純來看看，然後將消息帶給需要的人。

意外地，這個人躺在上面的時間比他想像還久，看來睡覺不會翻身還是有點好處。

「你……你你……救命啊……」

這句大概就是遺言了。

隨著淒慘的叫聲，被放在牆上的人想要晃進牆內的動作失敗了，直接摔出女兒牆外。

砰咚。

遙遠的墜落聲。

「結束。」青年站起身，消失在頂樓。

底下傳來騷動。

「咦咦我認識這個人，最近出現在新聞上好幾次耶。」

「啊，你說的是那個酒駕撞死小妹妹的人對吧！」

「超可惡的！」

「該不會這個是內疚自殺吧？」

「喂、有人報警了嗎？」

「喔幹你幹嘛和爛肉自拍！」

「你知道這個人連上香都沒去嗎，超可惡的，居然還會內疚，該不會只是不小心喝太多摔死吧。」

「哈哈，有可能。」

「不要在死人面前開這種玩笑！」

「你確定他有死嗎，還在抽搐耶你看……」

「腦漿都噴出來了還不死。」

「啊，記者來了！」

「居然比警察快。」

*04*

「唉呀，又見面了。」

明澄看見坐在鞦韆上的黑衣青年，高興地揮揮手，然後小跑步靠近，「上次才在公園遇到，現在又在公園遇到，而且一樣還有著小丑。」他看著附近涼亭中，正在和孩子玩樂的小丑，一會兒上竄下跳，一會兒給孩子變戲法，花樣很多，逗得一干小朋友歡笑連連。

青年笑了下。

「你怎麼會來這麼遠的地方？今天不用上班嗎？」明澄暫時放下身後的大背包，搭了很久的火車到這裡取景的他有些訝異，這裡離餐廳起碼有整整一天的車程。

「我被解僱了。」青年淡淡地說。

「咦？爲什麼？」

「大約兩個月前，一位客人上頂樓，以爲是酒醉要吹風，沒想到客人跳樓自殺，所以我有連帶責任，就被解僱了。」青年露出有點遺憾的表情。「當時領班讓我先找個地方散散心，他擔心我會受到心理影響，走著走著就到這裡了。」

「原來如此，我也有看到新聞，原來是你負責的，還眞是倒楣，要不要我和阿紀說一聲，讓你再回去上班呢？」明澄好心詢問著，同時拿出手機。

「不用了，我已經有新工作了，謝謝。」而且那陣子他也覺得挺有趣，於是青年婉拒了對方的好意。

「眞可惜，你是好員工呢，是阿紀的損失。」明澄這樣說著，伸手到對方口袋裡拿出菸盒，「這個就送我吧，既然不是客人和服務生的關係，下次就當朋友囉，這是我的聯絡方式。」說著，他將名片放進對方口袋中。

青年拿出名片，上面沒有任何職稱，只寫著明澄，以及他的手機號碼和電子信箱。

「那麼我跟人家約好了，不快點上山會拍不到老鷹，先再見了。」

明澄揮揮手，揹起登山背包離開了。

踏出公園時，他與另一名黑衣青年擦肩而過，一樣是黑髮，戴著眼鏡，和他朋友有驚人相似的氣質。

大概是兄弟吧？

他這樣想了想，笑了下，離開了。

◇

我有兩個徒弟。

一個執行者，一個殺人者。

兩個都是我的徒弟。

小丑揮別了孩子們，咧著笑容。

太陽西下，公園裡的人們陸續返家，遊樂器材空了出來，像是紓鬆了一天的勞累，準備休息。

然後小丑蹦蹦跳跳，翻了個觔斗，來到了鞦韆前。

「很好，做得不錯。」

詭異的聲音從小丑口中傳出，不像男、但也不是女人的聲音：「好棒，很有趣。」

「你別每次想玩遊戲就扯我們下水。」站在鞦韆邊的藍眼青年冷冷地開口。

「其實，也不會有什麼麻煩。」坐在鞦韆上的青年淺淺地笑了下。

「好孩子，好孩子。」小丑分別在兩名青年頭上拍了拍，又在肩膀上拍了拍，「該玩什麼呢？讓我想想……旅館老闆可以嗎？」

槍口直接抵在小丑臉上。

小丑露出了非常誇張的驚訝表情，還縮起身體往後一跳，滑稽的動作讓人發笑。

「敢動旅館的人，就算是你也殺。」藍眼青年收起短槍，冷淡地說著。

「好凶啊，天使好凶——」

「看來師父還沒想好『新遊戲』。」鞦韆上的青年站起身，稍微活動了下筋骨，「那我們就回去各自的工作中了。」

除了遊戲之外，他們可還有很多委託。

小丑竊竊笑著。

「下次、下次玩。」

兩名青年微微行了禮，一前一後地離開了。

看著他們消失在夕陽西下後的黑暗中，小丑拍著手，跳上了公園的鞦韆，晃動身體。

要賴晚歸的孩子們又偷偷聚集過來，眼神發光地看著爲他們表演的小丑又有什麼有趣的戲法，想在被拖回家之前多得到一些快樂的記憶。

手機聲從小丑身上傳來。

他用腳勾住掛著鞦韆的橫杆，整個人倒了過來，用耳機接聽。

「喂喂，請問那邊……可以幫忙殺人嗎……有人介紹我的。」

小丑發出咯咯的笑。

對著孩子們唱起了有趣的歌。

我有兩個徒弟。

一個是執行者。

一個是殺人者。

前者自我判斷。

後者傾聽自己。

如果你要讓人消失，最好尋找執行者。

如果你是窮凶惡極，最好別找殺人者。

我有兩枚硬幣。
一枚印著天使。
一枚印著惡魔。
一個投下天堂淨火。
一個燃起地獄烈焰。
如果你認爲能把玩人命，用金錢來選擇讓誰死去。
那麼最好就要小心。

〈死掉的遊戲〉完

# 深夜空間

# 01

又是一座廟宇的建成。

在這個年代，廟宇、寺院、聖堂以非常快的速度建立起來，只要有人的地方都能見得到神降臨的場所，香火、鮮花或是聖水。

越來越多人類組成不同群體，劃分土地成立了一個個社區，美好的社區成形，接著就需要幾個他們各自的信仰中心，請神能夠將足跡停留在此處，庇佑他們，並驅逐他們所害怕的黑暗。

但是人的心卻也以相同速度異變。

當利益成爲根基時，即使信徒懷著誠心而至，也難以得到最完全的守護。

他看著彩繪玻璃與落在玻璃正前方的黑暗。

剛剛被攻擊的黑暗體蜷縮在地面，即使在聖者的塑像前也不見驚懼，恣意吸取著來此禱告的信徒的生命力，反倒是對他這種默默無聞的「殺魔者」感到害怕。

「這次的請交給我們。」

回過頭，他看見穿著聖職服飾的女性從黑暗中走了出來，身後還跟著幾名持有聖水的服侍者，「這個惡魔我們已經追蹤很久了，教廷要求我們務必將牠帶回。彼端還有被這個黑暗詛咒的受苦者，我們必須逼問出實名才能解救受害者。」

他瞇起眼，再度看向地上的黑暗，接著將手上的匕首收回袖子裡，取出單子在上面寫下一行字，彈給代表教廷的女性。

女性接住紙張看過上面的要求後點了頭，「明天早上你會收到。」接著她揮揮手，後頭服侍者們立即上前，將已極爲虛弱的黑暗困住後拉走，一下子便消失在他們來時的陰影處。

女性沒有跟著服侍者離去，看了眼沉默的殺魔者，勾起淡淡的微笑，「現在看你這樣子，我想不管是教廷還是其他方，一定都很後悔當初把你當成無用的碎石頭，沒有人想像得到當初他們眼中最沒有用的缺陷者，最後居然會成爲幾乎無人可及的殺魔者。」

看著過去認識的女性，他搖搖頭，轉身離開了教堂。

✧

他不太喜歡白天。

刺眼的光芒，太多的人車，揚起的灰塵，以及各式各樣混雜的聲音，雖然有助於他立即分辨出不同存在，但他依然非常不喜歡。

但有些東西還是必須要白天才能夠得到。

離開教堂時已是早晨，正好碰上早市的時間，他思考了下便走進極為擁擠的傳統市場，在一片叫賣廝殺聲中好不容易帶著戰利品全身而退，蹣跚地拖著被過多人潮殘害的雙腳，提著沉重的袋子回到白色旅館。

這時候，只要堅持到材料處理完畢，就可以回床上睡覺了。

掏出鑰匙正要打開店門，一個威嚴恐怖就算了，還身著西裝放大這種氣場的高大男人剛好從旁邊電梯走出來，「咦？酒保你早上也開店嗎？」

正常來說，大多人看到這個男人時，第一個反應就是跪下叩拜，不然就是尖叫逃逸，有八成的人會把他當成黑道老大，剩下兩成則會把他當成不同階級的黑道，男人天生的長相與散發的氣勢，實在不是正常人類能承受得起。

眞不知氣場究竟是如何形成，他們所知的阿宿並沒有天生攻擊氣場，反而很平易近人。

不過這攻擊型氣場對他來說……應該是對他和其他房客來說，實在稱不上什麼威脅。他們並不畏懼恐怖，因爲他們見識過什麼是眞正的「恐怖」。

他搖搖頭，打開了沒有店名的酒吧店門。

雲武跟著走進黑暗的店內，平常酒吧大都是下午四、五點左右開門，就他所知，酒吧好像沒有固定的營業時間，只有一個大約時段，也沒有其他員工，完全憑酒保的心情來決定開店與閉店的時間。

憑這段時間以來的認識，他知道酒保的房間就在酒吧後面，連同酒吧全都是他的住所範圍，是阿宿早年劃給他的，關於酒保的背景和相關事情，便一無所知了。

估計是前老闆的照顧，哈狄絲只提過，作爲酒保房間的酒吧並不須向旅館繳納營收，也不用繳交水電租金，這些房客要用自己的房間做什麼，旅館給予全部支持，並不過問太多。

才繼承旅館沒多久的雲武，到現在連老闆專用的房間都還找不到，而且也沒和房客們建立彼此高度信任的良好關係，一切正在努力中。

「酒保，你是天生的嗎？」早上沒什麼事做，目前的重要工作還是尋找老闆房間的雲武隨口問道。

他有點意外地看了眼新上任的小老闆，微微點了頭，然後提著蔬果走進吧台後，打開小燈，將要用的蔬果分類開來，整理清洗。

「啊……借我逃避十分鐘的現實吧。」雲武把頭撞在木製吧台上，沒有繼續剛剛的話題，決定先在這邊待十分鐘，再接著去找半個月以來完全找不到的房間。

繼任後，哈狄絲告訴他不只長期房客，老闆也有一間專用房間，裡面有整間旅館的主機和資料，之前那些人就是要搶奪這些不能見光的東西；但是前任老闆有交代，找到房間也是老闆的工作，任何人都不能告訴他，一定要自己找到、並且打開，才可以。

雲武一直在想那到底是什麼房間，搞得像是寶藏探險活動到底是怎麼回事，好好地把所有東西轉交給他不是很好嗎？

一開始他以爲很輕鬆，把飯店裡所有房間、廳院都檢查過，一定可以找到，但到現在爲止，連個鬼都沒看見，老闆的房間藏得比他想像的還要隱密。

半個月下來，他的胃痛與挫折越來越嚴重了。

兩分鐘後，一杯熱柚子茶被推到他腦袋旁邊，混著淡淡水果味的暖熱香氣在幽暗的空間中飄散了出來，讓人有種被安撫的感覺。

雲武抬起頭，看著穿便服的酒保一如往常地擦拭著剛剛使用過的調拌器具，接著繼續整理帶回來的物品。

一杯熱茶的時間很快便結束，雲武放下茶杯，認命地離開休息中的酒吧，繼續尋找房間與熟悉旅館。

他目送小老闆離開，把大致上已分類整理的東西放到該放的位置，正要走出吧台鎖門時，另一個房客毫不客氣地先鑽了進來。

「酒保，先給我來瓶烈酒，我又被美眉甩了。」探戈一屁股坐到吧台前，穿著廉價花襯衫的他悲痛地將千元大鈔拍在桌上，「給我特別一點的，不要太貴。」

他看著根本是來鬧場的中年人，很乾脆地收下鈔票，轉頭從櫃子拿出一瓶酒擺在桌上。

「好……靠夭，金門高粱！你要我啊！」

他彈了下鈔票，環手看著對方。

探戈嘖了聲，「好吧高粱就高粱，唉唉唉，年過四十連眞情都找不到，只好抱酒去夢裡找，我去也。」

目送著第二個客人抱著酒瓶離開，這次他動作迅速，立刻衝出吧台把門鎖起來，這才鬆了口氣，熄了小燈，走回後面房間休息。

✧

這天晚上，他的第一個客人是個穿著有黃色污漬襯衫的陌生中年人。

「我的女兒失蹤了。」

約四、五十歲的中年人臉上有著滿滿的鬍碴，神色消沉，眼睛下出現深深的黑眼圈；可能因爲要保持清醒，不斷喝著某些飲料而造成些許水腫，配上一雙發黃充滿血絲的眼睛，讓他看起來糟糕透頂。

他幫客人調製一杯不傷胃的暖飲，接著才上了對方點的酒。

「你看，我女兒多可愛，才九歲，最喜歡她媽媽買給她的粉紅色書包。」中年人顫抖著沾滿泥土的髒黑手指，推來了張老舊的照片。上面是個圓臉的小女孩，微瞇著眼睛露出燦爛的笑，穿著白色小洋裝，揹著小小的書包。

晚上下著小雨，加上酒吧客人本就不是很多，若沒有其他房客的出入，酒吧裡也就安靜不少，今晚只有一個人。

可能也是因爲這樣，男人才開始與他搭話，似乎想說出藏在內心的那些苦痛，「我本來是間公司的老闆，規模雖然不算大，但是也有百來個員工，一年下來營業額可達上千萬；三十歲時娶了另一家大公司的小姐，她還爲我生了這麼可愛的女兒。」

「我看男人最幸福的大概就是那段時光，有個漂亮的老婆和可愛的孩子，回家有熱飯可吃，不愁沒錢可用，想買什麼就能買什麼，事業也平順，應該是最好的人生吧。」

他看著自顧笑起來的中年人，對方低垂著頭，用手指摳著吧台的木紋。

「沒想到我老婆只是要來併吞我的事業，女兒九歲那年就把我公司搞倒了，等我發現時，公司資產已被侵吞得一乾二淨，幾個合作公司全轉向她老爸……唉，當初我就覺得奇怪，她怎麼會在認識三個月後就乾脆地嫁過來，沒想到只是要我的公司和錢而已啊。」

「你還年輕大概很難想像，不過你試著想想，一個女人爲了吞掉你的公司和近億的資金、存款，可以花九年跟你周旋還生個小孩，最後你發現她對你一點感情也沒有，卻可以躺在床的另一邊和你同枕共眠，這是多恐怖的事。」

中年人一口氣喝乾了烈酒。

「所以我就只剩下我寶貝的女兒，但是她不見了，到現在都還找不到……我該怎麼辦？這個人生還有希望嗎……到底是誰帶走我女兒的……」

空的玻璃杯和鈔票被放在吧台上。

他目送著客人離開。

今晚的第二位客人，是個菸癮很重的漂亮女人。

女人無視於一邊的禁菸標誌，敲了敲菸盒，在細長的菸支前端點燃火焰，空氣中立時瀰漫著甘甜的水果香氣。

雖然用了許多化妝品，但仍可以看得出來她臉上的憔悴，沒上妝的脖子則是乾枯的黃，氣色相當糟糕。

「我聽說在這間旅館裡可以花錢聘請到專家。」女人習慣一般，以有些強勢的語氣說著，夾著細菸、端起了酒淺嚐一口，「不管是合法或是非法，只要能對上價碼，就可以幫忙解決，你知道是在哪裡嗎？」

對上價碼就能解決，應該是東方和西方他們吧？

酒保心裡已有答案，但旅館中所有人共同默認的規定，是不擅自暴露自己與他人的資訊，於是他搖搖頭，繼續擦拭著酒杯。

「我可以出很高的價碼，只要所謂的專家開口……哪，如果有機會，調酒師你可以幫我帶口信嗎。」女人並不是用詢問口氣，也不在乎對方的回答，她支著下頷，將菸蒂捻熄在飲盡的酒杯之中，剩餘的液體接觸到殘火時，發出了怪異的氣味，「我要找我女兒，她失蹤了，到現在還找不到。」

接著她點起了第二支菸，繼續說道：「我和前夫有一個九歲的女兒。大概是十二年前，我在我爸的公司第一次看到他，當時他已是間小公司的老闆，接觸之後覺得也算是個不錯的人，未來能有點前途。但你知道，像我們這種人大多都是利益爲優先，他的公司和他的地都是我爸想要的，只要轉型過後馬上就可以一翻幾十倍，可是偏偏我前夫就是甘於現狀，我花了好幾年勸說，他都不願意更改經營模式，白白浪費了近百億的獲利。」

「這種事情眞是讓人難以忍受，嫁過去之後完全沒有改變，只想混口飯吃的人遲早都應該在商場上被淘汰吧。既然他不要那筆資源，我乾脆就想辦法轉移到我家去，讓我家可以完全發揮；短短時間裡，那家公司與土地價值已經翻漲幾十倍，早這樣做多好，就算要離婚也沒關係，反正一無是處的傢伙不如快點分開，不過女兒是我生的，應該是我帶走才對。」

第二根菸被按熄在杯子中。

「可是現在她失蹤了，完全找不到，我需要一個專家來幫我找到我女兒，多少錢都不是問題，唯一的條件就是不能聲張，也不能告訴第三者，他只要老老實實幫我找到女兒就行了。」女人說著，從名牌包包中拿出了一疊鈔票放在吧台上，「這些錢就寄放在你這裡吧，如果有專家來喝酒，請幫我轉交給他。」

他有點疑惑，不知道爲什麼女人會這麼放心將錢放在這裡，還有她是從哪裡肯定這裡一定能找到專家？

女人微笑了下，似乎看出他的疑問，點燃了第三支菸之後才開口：「你們這間旅館的事情在我們商業圈子裡不是祕密，只是沒人知道要從哪邊找起。是有人告訴我可以去找一個刑事小隊長，說不定可以從那邊聯繫到某個人，但我不想跟警方打交道，最後探聽到的消息是有人說這間酒吧也有很多奇怪的人出入。」

很多奇怪的人嗎？

他倒是沒有注意到，但自從小老闆進入旅館，又常把這裡當作逃避現實的地方之後，他的業績和來客量就掉了一半倒是眞的。

「那，錢就放在這裡了。」女人接著拿出張相片和酒錢放在桌上，「如果沒有人願意接，那這些錢就當我買酒請下一位客人吧。」

接著，他目送女人離開了。

# 02

「咦？酒保你今天提早關店嗎？」

午夜十二點，正打算再去逃避一下的雲武走出電梯，正好看見酒吧主人鎖上店門，一身有點舊的深棕色大衣顯示他似乎正要出門。

平常酒吧都會開到一、兩點左右、沒有固定的關店時間，有次雲武還發現開到三點半，之後乾脆叫了人一起去附近吃宵夜。

看著一臉疲憊的小老闆，他點點頭。

「可惜，那明天再來好了。」

他想了一下，掏出鑰匙遞給雲武。

「咦？你要借我酒吧啊？眞不好意思，那我就不客氣了。」幸好之前爲了滿足所有客戶需求，他曾學過調酒，雲武有點高興地接過鑰匙，最近休息前先來這邊喝一杯已經快要變成習慣了，沒來都覺得眞的有點奇怪，「你什麼時候回來？要幫你留宵夜嗎？」

他搖搖頭。

「好吧，路上小心。」

他離開了旅館，直接搭上在旁邊等待的黑色車輛，不用吩咐，同樣沉默的司機自然知曉他的目的地。

深夜無人的大街上，只有快速向後飛逝的各種燈光。

他喜歡黑夜，寂靜無聲的深黑，與白天截然不同的另一個深色世界。在大多數人逐漸進入沉睡後，另一種存在開始甦醒。

但是，他也不喜歡黑夜，與喜歡一樣的相對程度，甚至比白天還要厭惡。

自己的喜好還眞是矛盾。

他閉上眼睛，靠在柔軟的座椅稍作休息。

黑車的司機有著非常優良的駕駛技術，還有一套超棒的車座椅，狀態同樣被調整得很好的車幾乎感覺不到行駛時會有的震動，雖然比起其他車手，僱用一次要貴上兩、三倍，但讓人花得心甘情願，至少對希望在短短時間能完全休息的人來說是最佳的選擇。

兩個半小時後，他被司機叫醒，黑車已經停在目的地。

一座規模不小的廟宇矗立在黑暗中，四周都是黑暗的樹林山景……山中的廟。

付給司機現金車資，他下了車，看著彷彿座落於不同世界的廟宇。

白日信徒散去的廟緊閉著偌大門扉，即使如此，光看外觀也能知道建造這座廟宇必定所費不貲。他在來之前曾查看了些旅遊節目與相關資料，不少媒體都曾介紹這座廟，據說供奉著幾尊不同神祇，還有此區最盛行的五路財神、月老等等，一到假日香火鼎盛，來往人潮不絕，根據廟方和信徒的說法，非常靈驗，幾乎是有求必應，經常有已經願望實現的信徒專程打金牌、做新衣還願，有錢一點的還會資助金身。

等黑車離開一段距離去休息，他在廟外走了一圈，辨認著蟲鳴風聲之外的不同處。

他不驚動廟方，看著高高的圍牆，臉色不改地朝旁邊大樹借力一踢，直接翻過牆面，進到廟宇庭院中。

和少爺他們不同，他習慣慢慢地等待和觀望。

但是今晚不同，空氣中傳來的聲音已經有點明顯了。

環顧庭院一圈，最後視線落在院子中最大的榕樹上。

「沒錯，就在那裡。」

他轉過頭，看見稍早前已經到來的青年。

從廟裡走出來的巴微笑了下，轉著耳環，繼續開口：「但是感覺很紊亂啊，雖然隱約有幻象，但被阻隔住了，另一種存在可不屬於我的範圍。」

垂著簾子般的長長樹鬚，巨大榕樹在黑夜襯托下看起來格外奇異。

實際上，深山中種有榕樹本來就有點奇怪，看來是廟方基於某種原因特地移植上來的。

在那些長鬚中，盤繞著無法向任何人解釋的黑色形體，人們應該也看不見吧，那種東西是一小團一小團的，等到聚集和成長之後，又會變成另一種東西。

「一念成魔。」巴淡淡地說，「無數心念終成魔。」

特別是這種萬人祈禱的場所，更容易聚集這種心魔，因爲點燃香火的人並非全部抱持不傷萬物的善念，累積的私念淫慾不斷累積，很容易改變本來莊嚴和藹的塑像。

他甩出袖子中的匕首，那是一柄不到三十公分的流線型銀色匕首，平時都收納在他的袖子裡，是很久以前老師替他尋來的，後來改良成現在這模樣；刀身上有著刻紋，和所有宗教文字、咒語不同，來自所謂的「起源語」——出現在世界上的第一種文字，傳說是神教導生命學會的眞正文字。據聞，任何黑暗都能被此切割和清除，是非常貴重的禮物，幾乎沒有能使用的人，他是特例。

他走到樹鬚前，不用清除就可以發現長長的樹鬚像是被風吹過一般，微微顫動著，伸出手觸碰到那一團團黑暗時，同時也感覺到藏在裡面的污穢。

這就是他討厭夜晚的原因，回去之後大概又會有大半天很不舒服吧。

往返於教廷的人可以得到立即地淨化、去除沾染的髒污，但是獨自在外的人可沒有這種待遇，只能靜靜等待身體排除掉那些東西，需要比較多的時間，嚴重時，甚至得躺上個兩、三天不只。

他獨自清除過一些學生玩降靈時召喚出來的惡魔，那是非常麻煩的工作，光是被惡魔侵襲，最起碼就要躺上十天半個月，起來之後杯子都染塵了，要把所有杯子重新擦拭過一次才能營業。他堅持杯子一定要乾淨、保持最佳狀況，才能夠端給客人。

以前阿宿還在的時候，會幫他找一些可以淨化治療的物品，可以縮短恢復時間和減除一些痛苦，現在只能靠自己了。

彈掉手上的黑暗，確認了這些碎散的形體還沒成爲完整個體時，他直接揮出刀刃。

黑色的東西發出像是嬰兒般尖銳的叫聲，瞬間爆裂開來。

他做的不是祛除，而且消滅。

他是殺魔者，不留下任何黑暗的痕跡。

◇

幻象在聲音過後鑽入巴的腦袋中。

本來模糊不清的影像瞬間清晰起來，色彩鮮艷得彷彿剛剛才發生的。

那是來自於幾年前的死者。

九歲小女孩生活在一個氣氛非常緊張的家庭裡。

她的父親成天大吼大叫。

她的母親非常冷淡。

她不知道爲什麼，只知道上國小後她的家好像變了，難道其實她不該去學校的嗎？

去學校認識了同學，她很喜歡同學，每天放學都會跟同學玩好久，假日也喜歡去同學家，所以不像以前那麼黏著爸爸、媽媽，難道就是因爲這樣，所以爸媽才會生氣嗎？

但是啊，她雖然想改變，卻完全不想回家。

直到有一天，爸媽吵得非常厲害，大半夜尖叫嘶吼著，鄰居都不敢報警，她聽同學說，報警的話，媽媽會叫議員、立委施壓，所以根本沒有用。

她抱著娃娃從二樓的房間跑出來，看到爸媽就站在樓梯口爭執。

「妳要跟爸爸留下還是要跟媽媽走！」

這是她沒有辦法選擇的事情啊，不吵架的話，爸爸媽媽都非常疼她。

抱著娃娃的手被爸爸抓住，空空的手被媽媽抓住，她被用力地左右拉扯，好像電視中的懸絲娃娃般，掛在樓梯間。

原來被拉扯的懸絲娃娃是很痛的。

她的娃娃脫手了，她也從爸媽的手中脫開。

娃娃滾下去，她也滾下去，從長長的樓梯高處向下滾，重重撞在地上，四肢無力得像是娃娃一樣癱倒在地。

那時連痛都感覺不到，折斷的四肢和流出血的嘴巴、鼻子，被爸爸抱起的身體不斷滴下紅色的血液。

如果，別人知道他們殺死女兒，會是很大的醜聞吧，而且還要面對司法審判。

她被包裹在毛毯中，感覺車子的搖晃，接著被帶到陌生的大樹下。

她很想說，那時候她還是活著的，但是沒有力氣張開嘴巴，連眼睛都睜不開。

最後，她跟娃娃一起被埋到土壤中。

◇

「這邊的土都被翻過了，看來他們眞的找不到屍體。」

巴在泥土上劃了下，接著拍掉土壤，「組長說他懷疑夫妻倆殺掉女兒很久了，因爲三年前他們報案說女兒失蹤時完全找不到蛛絲馬跡，連綁架勒索的威脅電話都沒有，夫妻三緘其口地說什麼也不知道，推說女兒出門就不見了，只有鄰居證實失蹤前一晚夫妻倆吵得很厲害，以及他們經常出入此處的情報。」

榕樹下還有個小小的香爐，有上香的痕跡。

會埋在這個地方，廟方應該是知情的吧。

那些害怕、惋惜、僥倖、收錢看顧與死去不甘的念頭，在樹下成爲黑暗的顏彩，將屍體推移開來，讓被懷疑後想要轉移屍體的人們無法尋找。

如果時間再久一點，凝聚黑暗的死者或許會變成另一種東西吧。

「雖然小氣組長的委託根本是虧本生意，不過這次倒是不無小補。」巴接過拋來的委託金，他確實尋找到「女兒」，至於會用什麼方式出現、是誰讓她出現，就不在他的工作範圍，反正委託者也沒有指定嘛。

他走到埋著屍體的土壤上方，彎下身，拉住露出土外的娃娃小手。

另外那端的手，還被小小的主人緊緊握住。

「走吧，接下來是組長他們的工作了。」

離開廟宇後，巴將那疊鈔票分成兩份，一份遞給他，「這是我的委託金，謝啦。」沒有專家出手，他也很難確定目標。

他收下，招來黑車。

「一起搭吧，回程我付錢。」巴拉開車門，和司機談妥多一人的價位，總之都是熟人，司機除了神色有點意外，也沒有表示反對，但是車資又貴了一倍就是。

回到白色旅館時，天空已經開始泛白。

和打著哈欠的巴分開後，他回到了酒吧。

深鎖的酒吧門口擺著一箱東西，上面有代表教廷的燙金花紋，打開箱子，裡面全是名貴難得的酒類。

他勾了勾笑，打開門，將箱子拖進去。

黑暗造成的不適還沒消退，他打算睡醒再來整理這些東西。

打開房間、脫去外套和上衣，疲憊地直接爬上懸掛著的吊床，就這樣進入深眠。

## 03

再次清醒時，他很清楚地感覺到房外的酒吧有人。

「你醒了喔？」

站在吧台內的雲武看見套著便服走出來的人，愉快地打了招呼，雖然笑起來的臉很像黑道老大要滅掉別人幫派時的表情，「你丟在門口的酒我已經幫你分類了，在酒窖裡面，你等等看一下那樣處理行不行……剛好中午吃完飯有點休息時間。」

昨晚雲武在使用酒吧時才發現後方居然有個不小的酒窖，而且收藏著許多不同類型的酒，有的市面上根本找不到，實在非常驚人。

幸好當初爲了滿足客戶可能會有的需求，雲武學習過相關知識，所以能不費力地幫忙整理。

他看了眼小老闆，走進酒窖中，有點訝異對方處理得這麼合適，他甚至連每支酒的年分和產地之間微小的差異都分出來了。

「你早上和巴回來時，我問了櫃台人員，說你臉色很差……不好意思，因爲我不是阿宿，沒辦法幫你們看病，只能幫你做一點事情，希望有所幫助。」雲武還在摸索與房客的相處之道，抓抓臉，「起碼你可以放心休息，我有空會來幫你做些打掃之類的事，這些基本技能我都會。」雲武還有把握可以把杯子和窗戶擦得透明到跟空氣沒兩樣，之前在公司上班時，就是把玻璃擦得太乾淨了，所以同事常常撞玻璃，撞到老闆嚴令禁止他再去整理環境。

他被動地點了下頭，仍有點暈脹的腦袋反應不太過來，於是在吧台前坐下，接著站在吧台內的小老闆推了碗熱粥出來。

與平常對調的立場讓他不由自主地無聲笑了出來。

「難得當當酒保也是滿新鮮的。」雲武見對方笑，也跟著輕鬆了起來。有時候坐在外面和站在裡面看見的就是不一樣，看來協助各種事務，讓房客可以更輕鬆一點這種想法應該是正確的。

吃完小老闆招待的熱粥，他的精神整個好了起來，和雲武換回位置後，手腳俐落地拿出了工具和杯子，幫對方調上一杯爽口的水果酒。

「啊啊，果然這樣才能放鬆。」雲武拿著酒杯感嘆了下，「再逃避個十分鐘好了，我覺得搞不好我一輩子都找不到老闆專用房間了。」

他莞爾地看著小老闆，笑著搖搖頭，拿出了紙張，在上面寫下一串英文。

雲武湊上去看，唸出了那串文字的意思，「『特殊房間每層只有一至二間』……所以一層不會有超過兩戶的長期住客？」

他點點頭。

「老闆房間也一樣？」雲武一整個暈。

他依舊點頭。

「所以只要把確定有長期房客的樓層剔除掉，範圍就可以縮小了。」雲武突然覺得範圍縮小了不少，有種阿彌陀佛的淚泣感，「三樓應該只有你的酒吧跟房間吧！」三樓除了酒吧與議事廳之外，他就沒看見有其他長得像房間的東西了。

他再度點頭。

「終於……有點頭緒了。」

雲武把頭撞在吧台上。

◇

今天的新聞是，知名廟宇起出了女童的屍骸。

根據警方的追查，終於破獲一起殺害女童後埋屍的案子，據調查，女童的父母是在離婚前夕失手將小孩推落樓梯，造成手腳肋骨等多處嚴重骨折。

但法醫相驗後，證實死因爲窒息死亡，女童半腐的屍體經解剖後，發現鼻子與氣管中都是泥土，足以證明女童是被活埋的。

對於屍體埋藏三年後還未完全腐化，經辦的員警們都深感不可思議……

他關掉了電視新聞。

下午四點半的時間，店內的杯子都被擦得乾乾淨淨，倒映出有弧度的完美光芒。

將「營業中」的牌子翻出來後，很快地迎來了今天的第一個客人。

那是個看起來像是未成年的女孩，濃妝艷抹遮蓋原本稚嫩的面孔，黏貼假睫毛的眼睛已經不復純眞，大大的眼珠覆蓋上一層藍色的瞳孔放大片。

他幫女孩調了一杯無酒精的氣泡飲料。

女孩喝完鳳梨口味的調酒後，去了一趟洗手間，卸掉一臉的妝，然後重新坐回位子上。

「其實，我想找傳說的旅館裡那些人……」

〈深夜空間〉完

# 後記

8 .Floor這個故事的起源，是來自於很多年前的一場展。

從以前開始就有私下寫寫各種短篇自娛，連帶荼毒身邊一些親朋好友的習慣。而在當時台中科博館辦了一場「絲路行」的特展，雖然規模並不大，但展場氛圍卻讓人很喜歡，正好又逢平常日參觀人潮不太多，可以慢慢地在展區中沉澱，並整理腦袋中的許多想法，8 .Floor這座旅館的概念就這麼成型了，隨著時間自然而然地串聯起各個故事成爲一體。

所以多多逛展覽是有很多好處的，對吧。

由特展中發想的故事也收錄在本書其中，大家應該不難發現。

有意思的是，因爲書中各篇故事撰寫的時間點不一，有些時間挺早，不久前與編輯在校稿時，說到手機大小，才發現寫稿那時候還不太流行智慧型手機呢，書中的角色用的還是小小的手機。

說不定大家在閱讀時，還能發現其他的年代物（笑）

在這邊也特別謝謝遭我用坑虐待多年的朋友們，辛苦的編輯們與出版社所有人員；更謝謝手上捧著這本書的各位，不論是新加入的讀者們或是多年以來的老朋友們，希望大家會喜歡這次的故事。

人的一生都在旅行，在途中駐足、停留時必定都少不了那麼一個能短暫休歇與交換故事的地方；或許在那裡看到了自己的起點，也可能在那裡找到終點的方向，更說不定能在那裡挖掘到無可取代的珍貴寶藏。8.Floor就是這麼一個地方。

也許在某一天，你也能找到自己的8.Floor。

最後說一下，台中國立自然科學博物館是個好地方，推薦大家有時間可以闔家或是三五好友去走走，當然自己一個人也別有一番樂趣。我沒有收廣告費，真的。

護玄 記於2017.7.28

國家圖書館出版品預行編目資料

8 .Floor. vol.1：最後一餐／護玄 著.
——初版.——台北市：蓋亞文化，2017.08
面；公分.

ISBN 978-986-319-297-8（平裝）

857.7 106011840

護玄作品 HX001

# 8 (VOL.1) .FLOOR｜最後一餐｜

作者／護玄
插畫／NIN　封面設計／克里斯
出版／蓋亞文化有限公司
地址◎台北市103赤峰街41巷7號1樓
電話◎（02）25585438　傳真◎（02）25585439
部落格◎gaeabooks.pixnet.net/blog
臉書◎www.facebook.com/Gaeabooks
電子信箱◎gaea@gaeabooks.com.tw
投稿信箱◎editor@gaeabooks.com.tw
郵撥帳號◎19769541　戶名：蓋亞文化有限公司
法律顧問／宇達經貿法律事務所
總經銷／聯合發行股份有限公司
地址◎新北市新店區寶橋路235巷6弄6號2樓
電話◎（02）29178022　傳真◎（02）29156275
港澳地區／一代匯集
地址◎九龍旺角塘尾道64號龍駒企業大廈10樓B&D室
電話◎（852）27838102　傳真◎（852）23960050
初版一刷／2017年 8月
定價／新台幣 280 元
Printed in Taiwan

ISBN／978-986-319-297-8

GAEA

GAEA